KB203461

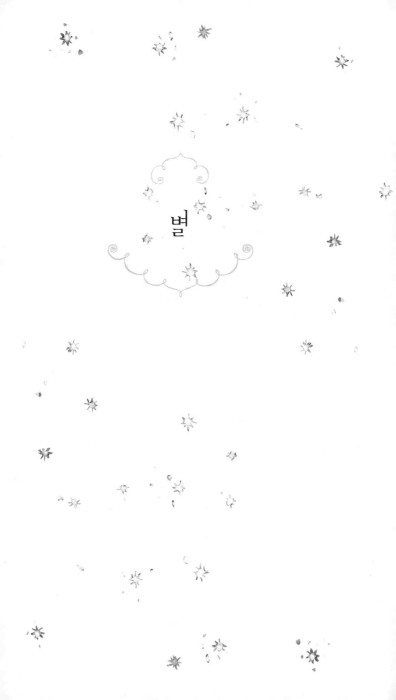

별

차례

코르뉴 영감의
비밀

프랑세 마마이라고, 밤중에 이야기를 나누러 가끔 나를 찾아오는 피리 부는 할아버지가 있었다.

어느 날 밤, 그는 뱅퀴(끓인 포도주)를 마시면서 예전에 마을에서 일어났던 어떤 슬픈 이야기를 들려주었다. 그것은 한 20년 전쯤의 일로 내 풍차 오두막이 이야기의 배경이다. 나는 할아버지의 이야기에 너무 감동을 받아서 들은 그대로를 여기에 옮겨볼까 한다.

모두들 잠시, 향긋한 포도주 향이 풍기는 술통 옆에 앉아서 피리 부는 할아버지의 이야기를 듣는다고 생각해 주길 바란다.

이보게, 이 부근은 말이지, 지금처럼 황량하고 쥐 죽은 듯이 조용한 곳이 아니었어. 예전에는 방앗간 경기가 좋아서 근처의 농부들이 모두 이곳으로 밀을 빻으러 왔었지. 마을 주변의 언덕이란 언덕에는 모두 풍차가 우뚝 서 있었고, 어디를 둘러봐도 눈에 들어오는 것이라곤 소나무 숲에서 불어오는 미스트랄(프로방스 지방, 특히 론강 유역에 휘몰아치는 북풍)에 멋있게 돌아가는 풍차 날개와 밀가루 포대를 싣고 비탈길을 오르락내리락하는 작은 노새의 행렬뿐이었다네.

월요일부터 토요일까지 언덕 위에서는 채찍소리가 그치질 않았고 풍차의 날개는 파닥파닥, 방앗간의 심부름꾼은 워워 노새를 몰며……. 정말 기분 좋은 소리들로 가득했지. 일요일에는 삼삼오오 짝을 지어서 근처의 방앗간으로 놀러 가곤 했어. 그곳에 가면 방앗간 주인들이 뮤스카 포도주를 대접해 주었는데, 레이스 달린 숄을 어깨에 두르거나 황금 십자가 목걸이를 목에 걸고 있는 주인 아주머니들은 마치 여왕처럼 아름다운 자태를 한껏 뽐냈지.

나는 그럴 때면 언제나 피리를 가지고 가곤 했어. 사람들은 해가 저물어 깜깜해질 때까지 파랑도르 춤(프로방스의 전통 춤)을 추었는데, 말하자면 여기는 풍차 덕분에 항상 북적거리고 빛이 나는 곳이지.

그런데 그 무렵 파리에서 온 어떤 사람이 타라스콘 거리에 증기 제분소를 세우면서 모든 것이 변하고 말았다네. 근사한 최신식 시설이 생기자 마을 사람들은 모두 밀을 그 제분소에 맡기게 되었고, 방앗간은 하나 둘씩 문을 닫기 시작했어. 물론 한동안은 그것에 맞서보기도 했지만, 새로운 증기 제분소에는 상대가 되지 못했지. 결국은 모두 문을 닫게 되었어.

그곳은 작은 노새들조차 오지 않게 되었고, 아름답던 방앗간 주인 아주머니들은 가지고 있던 패물을 모두 팔아야 했지. 뮤스카도 이제 끝! 파랑도르 춤과도 안녕! 미스트랄이

아무리 불어대도 풍차는 더 이상 돌지 않았어. 결국 마을 사람들은 다 쓰러져 가는 방앗간을 허물고 그 자리에 포도와 올리브를 심기 시작했지.

그런데 말이야, 그렇게 하나 둘씩 문을 닫는 와중에도 멈추지 않고 씩씩하게 돌아가는 풍차가 하나 있었어. 그것이 바로 코르뉴 영감의 풍차, 오늘밤 이야기하려고 하는 바로 그 풍차라네.

코르뉴 영감은 평생을 밀가루 속에서 살아온 일 밖에 모르는 방앗간 할아버지였어. 새로운 증기 제분소가 세워지자 할아버지는 마치 반미치광이처럼 일주일 동안 마을 안을 뛰어다니며 사람들을 불러모아서는, 「저놈들은 증기 제분소의 밀가루로 프로방스를 독살하려고 하는 게야.」하며 목이 쉬어라 외쳐댔지.

「저기로 가서는 안 돼! 저 악당들은 증긴지 뭔지 하는 걸로 빵을 만들려고 하는데, 그건 악마가 발견한 거야. 하지만 나는 미스트랄과 트라몽탄느(프랑스 남부에 부는 북풍)로 일을 한다고. 자혜로운 신의 입김으로 말이야……」

할아버지는 온갖 미사여구를 동원해 풍차에 대해 설명해 봤지만, 안타깝게도 그의 말에 귀 기울이는 사람은 아무도 없었어.

화가 머리끝까지 난 할아버지는 결국 자신의 방앗간에 콕 틀어박혀 혼자서 지냈지. 그에게는 비벳트라는 15살 난 손녀가 하나 있었는데, 부모를 모두 잃어 피붙이라곤 할아버지밖에 없는 불쌍한 이 아이마저 곁에 두려고 하지 않았던 거야. 가엾게도 그애는 자신의 힘으로 먹고살 수밖에 없었고, 여기저기 농가를 찾아다니며 추수 일을 거두거나 누에 치기, 올리브 따기 등 온갖 잡일을 했지. 하지만 코르뉴 영감은 그렇게 고집을 부리면서도 비벳트가 눈에 밟히는지 한창 더운 날에도 먼길을 걸어 손녀가 일하고 있는 농가까지 찾아가서 그애를 만나는 일이 종종 있었지. 그리곤 손녀 곁에서 한없이 흐느껴 울기도 했다네.

마을에서는 코르뉴 영감이 구두쇠라서 비벳트를 내보낸 거라고 생각하고 있었지. 그리고 손녀를 이 집 저 집으로 돌아다니게 하고, 더구나 난폭한 고용주 밑에서 갖은 고생을 겪게 하는 것을 좋게 생각하는 사람은 없었어.

게다가 이곳에선 이름도 꽤 알려진, 체면과 품위를 중요시 여기던 그가 맨발에 구멍 난 모자와 누더기를 걸치고, 부랑자 같은 모습으로 다니는 것은 보기에도 민망할 정도였어. 우리 노인들은 일요일에 코르뉴 영감이 미사에 참석하는 것조차 부끄럽게 생각했지. 영감도 그 사실을 알았는지 더 이상 교회의 위원석에는 앉지 않았어. 언제부턴가 그는 항상 교회 뒤편, 성수반 옆에 가난뱅이들과 같이 서 있게 되었지.

그런데 코르뉴 영감의 생활에는 뭔가 석연치 않은 구석이 있었어. 오래 전부터 마을에서는 그에게 밀을 빻으러 가는 사람이 아무도 없었는데, 풍차의 날개는 예전처럼 계속 돌아가고 있었던 거야. 게다가 저녁 무렵이면 커다란 밀가루 포대를 짊어진 노새를 몰고 가는 그를 만나는 일도 종종 있었지.

「안녕하세요? 코르뉴 영감님! 방앗간은 여전히 잘 되지요?」

지나가던 농부들이 큰소리로 말을 걸면, 「그럼, 여전하지 뭐. 고맙게도 일하는 데는 별문제가 없다네.」하며 기운찬 목소리로 대답을 하는 거야.

혹 누군가가 도대체 어디에서 그렇게 일거리가 많이 들어오는지 물으면, 영감은 「쉿!」하며 입에 손가락을 갖다대며, 거드름을 피우며 대답했지.

「외국과 거래하는 곳에서 일감을 주었다네…….」

하지만 더 이상의 이야기는 들을 수가 없었어.

방앗간을 엿보는 일은 꿈에도 상상할 수 없었지. 비벳트조차 들어갈 수 없었으니까. 어쩌다 그 앞을 지나가다 보면 문은 항상 굳게 닫혀 있었고, 오로지 풍차의 커다란 날개만 끊임없이 돌고 있었어. 늙어빠진 노새는 마른 풀을 뜯고 있었고, 뼈만 앙상하게 남은 고양이는 창가에 앉아 햇볕을 쪼이며 심술궂은 눈초리로 사람들을 노려보고 있더군.

어쩐지 이 모든 것에는 뭔가가 숨겨져 있는 것 같았어. 어느새 사람들 사이에서 이런저런 소문이 나돌기 시작했지. 모두들 제멋대로 코르뉴 영감의 비밀을 억측했는데, 대부분

의 사람들은 그 방앗간 안에는 밀가루 포
대보다 은화 포대가 더 많이 있을 거라고
생각했어.

그러던 어느 날, 드디어 그곳의 비밀이 밝혀
지게 되었지.

마을 젊은이들이 모여 피리 소리에 장단을 맞
춰 춤을 추는 동안 나는 우연히 내 큰아들하고 비
벳트가 서로 좋아하고 있다는 사실을 눈치채게 되
었어. 하지만 기분이 나쁘진 않았어. 어쨌든 코르뉴 집안은
명문 집안이고, 게다가 비벳트라는 작고 귀여운 새가 집안
을 돌아다니는 것을 보는 것은 즐거운 일이라고 생각했지.
단지 서로 좋아하는 두 젊은이가 같이 있다가 행여 실수라
도 저지르면 어쩌나 싶어 이 문제를 빨리 매듭지어야겠다는
생각을 했어. 그래서 이 일을 코르뉴 영감에게 알리려고 방
앗간까지 올라갔던 거야. 그런데 나 참! 이 고약한 늙은이가
나를 어떻게 대했는지 좀 들어보게나.

애초에 방앗간 문을 열게 하는 일은 꿈에도 상상할 수 없
었지. 그래서 나는 내가 하고 싶은 말을 열쇠구멍 너머로 열
심히 전했어. 내가 이야기하고 있는 동안, 비쩍 마른 고양이
녀석은 머리 위에서 괴물처럼 독기를 뿜고 있더군. 영감은
내 말이 채 끝나지도 않았는데 매우 쌀쌀맞은 목소리로 말
했어.

「돌아가서 피리나 불지 그래!」

그러면서 다시 한다는 말이, 「그렇게 빨리 며느리를 들이고 싶으면 증기 제분소에 가서나 알아보지!」

그에게 모욕적인 말을 듣자 화가 머리끝까지 치밀었지만 가까스로 가라앉히고, 이 미치광이 영감을 절구 옆에 남겨둔 채 집으로 돌아왔어. 그리고 아이들에게 일이 잘 안 되었다고 말했지.

가여운 어린양들은 그 사실을 믿지 못하겠다는 듯이 할아버지에게 다시 이야기하러 갈 테니 방앗간까지 같이 가달라고 애원하는 거야. 나는 차마 거절할 수가 없어서 망설이고 있었는데, 어느새 둘은 방앗간으로 가고 있지 뭐야.

애들이 언덕 위에 도착했을 때는 이미 코르뉴 영감은 외출하고 없었고 방앗간 문은 이중으로 잠겨 있었어. 그런데 영감은 급하게 외출했는지 사다리를 집 밖에 그냥 두고 나간 거야. 사다리를 보자 아이들은 이 문제의 방앗간 안에 무엇이 있는지 창문으로 엿봐야겠다고 생각하는 것 같았지.

그런데 세상에 이럴 수가! 방아가 있는 방을 들여다봤더니 텅 비어 있는 거야. 포대 한 자루는 고사하고 밀알 한 톨도 찾아볼 수 없었어. 벽에도, 거미줄에도 밀가루는 흔적조차 없는 거야. 방앗간에서 나는 이 흔한 밀가루 냄새조차 나지 않았어. 방아는 먼지투성이고, 그 위에서 비쩍 마른 고양이가 졸고 있더군.

아랫방을 들여다보니 그곳 역시 황폐하고 초라한 모습이었어. 지저분한 침대며 다 떨어진 넝마, 계단 밑에 굴러다니

는 빵 조각들, 그리고 한쪽 구석에는 구멍 뚫린 포대가 서너 개 있었는데 하얀 흙가루가 새어나오고 있더군.

바로 이것이 코르뉴 영감의 비밀이었어! 방앗간의 체면을 세우기 위해 저녁마다 영감이 싣고 갔던 것은 바로 이 벽토였던 거야. 밀가루를 만들고 있는 것처럼 보이고 싶었던 거지.

불쌍한 풍차! 가엾은 코르뉴 영감!

증기 제분소 녀석들은 아주 오래 전에 영감의 마지막 손님까지 빼앗았던 거지. 날개는 항상 돌아가고 있었지만, 절구는 헛돌고 있었던 거야. 눈에 눈물이 가득해 돌아온 아이들은 본 대로 모든 사실을 말해 주었어. 나도 그 이야기를 듣고 어찌나 가슴이 찡하던지…….

나는 곧 마을로 내려가서 사람들에게 이 사실을 알렸지. 그리고 마을 사람들은 모두 집에 있는 밀을 코르뉴 영감의 방앗간으로 가져가야 한다는 데 의견일치를 보았다네. 일은 곧 실행에 옮겨졌지. 마을 전체가 총출동해서 밀, 그야말로 진짜 밀을 실은 노새의 행렬이 언덕으로 향했지.

방앗간의 문은 활짝 열려 있더군. 코르뉴 영감은 벽토 포대 위에 앉아 머리를 쥐어짜며 울고 있었어. 자신이 외출한 사이에 누군가 들어와 자신의 슬픈 비밀을 파헤쳤다는 것을 알게 된 거지.

「불쌍한 것…….」

코르뉴 영감은 한탄을 하더군.

「이렇게 된 이상 난 죽는 수밖에 없어……. 넌 이제 끝이
야.」

그는 마치 사람한테 말하듯 풍차에게 말하며 서럽게 흐
느껴 울었다네.

이때 드디어 노새가 언덕 위에 도착했지. 그리고 우리들
은 방앗간 경기가 좋았던 예전처럼 입을 모아 외쳤어.

「코르뉴 영감님, 잘 부탁해요!」

이렇게 해서 밀가루 포대들이 문 앞에 쌓이고, 빛 고운 황
금빛 밀알들이 바닥에 흩어졌지. 코르뉴 영감의 눈은 휘둥
그래지더니, 주름투성이 손으로 밀알을 움켜쥐고는 울다가
웃다가 하면서 말을 잇지 못하더군.

「이건 밀이야, 밀! 이럴 수가……. 최고급 밀이라고…….
자, 좀더 자세히 보여주게나.」

그는 우리들 쪽으로 돌아서서 말했어.

「아아, 나는 당신들이 결국 나에게 돌아
오리라는 걸 알고 있었어……. 그 증기 제
분소 녀석들은 모두 날도둑놈들이야.」

우리들은 코르뉴 영감과 함께 마치 개선장군처럼
마을로 내려갔지.

「아니, 여보게들. 무엇보다도 먼저 절구에게 먹이를 줘야
지. 자, 생각해 보게나. 이 풍차는 꽤 오랫동안 아무것도 입
에 넣지 못했잖아.」

영감이 포대를 열어보고, 절구의 상태를 살피며 분주하

게 돌아다니는 것을 보는데 눈물이 다 나오더군. 그러는 동안 밀알은 빻아지고 고운 가루가 천장까지 날아오르기 시작했어.

　우리는 참으로 좋은 일을 한 게야. 그날부터 우리들은 이 방앗간 영감이 다시는 일을 쉬지 않도록 했어.
　그러던 어느 날 아침, 코르뉴 영감은 영영 저 세상으로 가 버렸지. 마지막 풍차의 날개는 영원히 돌지 않게 되었어.
　영감이 떠난 후, 그 뒤를 잇는 사람은 아무도 없었다네. 어쩔 수 없는 일이지. 모든 것에는 끝이 있게 마련이니까. 론강의 나룻배나 커다란 꽃장식의 재킷이 유행을 타고 지나간 것처럼, 풍차의 시대도 시간 속으로 그렇게 지나간 거지…….

별

뤼브롱산에서 양을 치던 시절, 나는 라브리라는 개 한 마리와 양들을 데리고 몇 주일씩이나 사람들의 얼굴을 보지 못한 채 지냈다.

가끔 몽 드 뤼르의 수도자들이 약초를 캐러 그곳을 지나거나 피에몽 근처에 사는 숯 굽는 남자들의 시커먼 얼굴을 보는 일은 있었지만, 그들은 오랫동안 혼자 살아서 말도 별로 없고, 말하는 것에 별 흥미도 없었다. 그리고 그들은 아랫마을이나 거리에서 사람들 입에 오르내리는 이야기는 전혀 알지 못하는, 세상사에 어두운 사람들이었다.

그래서 보름에 한 번 식량을 싣고 비탈진 언덕을 올라오는 농장의 노새 방울소리가 울려 퍼질 때나, 귀여운 꼬마 미아로의 명랑하고 씩씩한 얼굴하며, 나이 지긋한 노라드 아주머니의 갈색 모자가 언덕 위로 조금씩 보일 때에는 정말 반가웠다. 그럴 때마다 나는 누가 세례를 받고, 누가 결혼했는지 하는 이런저런 소식을 듣곤 했다. 그 중에서도 가장 궁금한 소식은 주인집 딸인, 마을에서 제일 예쁜 스테파네트 아가씨가 어떻게 지내고 있는가 하는 것이었다. 겉으로는 그다지 관심 없는 척하면서도 아가씨가 요

즘에도 저녁 초대를 받아 자주 파티에 가는지, 여전히 아가씨에게 잘 보이려는 젊은이들이 찾아오는지를 슬쩍 물어보았다. 가난한 양치기인 네가 그런 것은 알아서 무엇하느냐고 묻는다면 나는 대답할 것이다. 그때 나는 스무 살이었고, 스테파네트 아가씨는 그때까지 내가 본 여자들 중에서 가장 아름다웠노라고.

그러던 어느 일요일, 기다리고 있던 두 주일 치의 식량이 아주 늦게 도착한 일이 있었다. 아침나절에는 미사 때문이라고 생각했는데, 점심때가 되자 심한 비바람이 몰아치기 시작했고, 나는 그들이 날씨가 나빠 노새를 몰고 올 수 없을 거라고 생각했다.

드디어 3시경, 하늘은 씻은 듯이 맑게 개고 촉촉하게 젖은 숲이 햇빛에 빛나고 있을 때, 나뭇잎에서 물방울 떨어지는 소리와 불어난 계곡의 시냇물 소리 사이로 노새의 방울 소리가 들려왔다. 부활절에 울려 퍼지는 종소리처럼 맑고 경쾌한 소리였다.

그런데 노새를 몰고 온 사람은 꼬마 미아로도, 노라드 아주머니도 아니었다. 바로…… 아가씨! 스테파네트 아가씨였다. 아가씨는 비 갠 오후, 산 속의 상큼한 기운을 머금고 두 볼이 발갛게 물든 채 등나무 바구니 사이에 똑바로 걸터앉아 있었다.

미아로는 앓아 누웠고, 노라드 아주머니도 휴가를 받아 식구들이 있는 집으로 갔다며, 아름다운 나의 스테파네트

아가씨는 노새에서 내리며 말했다. 그리고 도중에 길을 잃어 늦었다는 이야기도 덧붙였다. 그러나 꽃 모양으로 된 리본과 레이스 달린 예쁜 치마를 보니, 덤불 속에서 길을 잃어 헤매고 있었다기보다는 숲속 어딘가에서 춤이라도 추고 온 것처럼 보였다.

오, 사랑스러운 아가씨! 그녀는 아무리 봐도 싫증이 나지 않았다. 정말 이렇게 가까이에서 아가씨를 보는 것은 처음이었다. 겨울날, 양 떼를 몰고 마을로 내려가 주인집에 저녁 식사를 하러 들어가면, 아가씨는 늘 예쁘게 차려 입고 약간은 새침한 얼굴로 식당을 가로질러 가는 것을 볼 수가 있었다. 아가씨는 한 번도 하인들에게 말을 건넨 적이 없었다. 그런 아가씨가 바로 지금 내 앞에 있는 것이다. 오직 나만을 위해서…… 내 어찌 넋을 놓지 않을 수 있을까?

스테파네트 아가씨는 바구니에서 식량을 꺼내며 신기한 듯이 주위를 둘러보기 시작했다. 그리고 하늘거리는 치맛자락을 살짝 치켜들고 울타리 안으로 들어왔다.

아가씨는 내 방을 보고 싶어했다. 내 잠자리며, 짚 위에 양 모피를 깔아놓은 마루, 벽에 걸려 있는 커다란 비옷, 지팡이, 총 등을 보며 무척 즐거워했다. 이 모든 것들이 아가씨에겐 신기하게 보이는 모양이었다.

「어머! 여기에서 혼자 산단 말이야? 항상 혼자일 텐데 얼마나 심심할까……. 주로 뭘하며 지내? 무슨 생각을 해?」

나는 〈당신 생각을 하고 있습니다. 아가씨.〉라고 대답하고 싶었다. 사실 그렇게 말한다고 해도 거짓은 아니다. 그러나 너무 긴장한 나머지 한 마디도 할 수가 없었다. 아가씨는 그것을 눈치챘는지 일부러 짓궂은 농담에 당황해하는 내 모습을 재미있어 했다.

「여자 친구는 가끔 찾아오니? 아마도 황금빛 염소이거나 아니면 산봉우리에서 뛰노는 예쁜 에스테렐 요정을 닮았을 것 같아.」

그런 말을 하는 아가씨야말로 목을 뒤로 젖히며 사랑스럽게 웃는 모습이며, 갑자기 나타나 홀연히 사라져버리는 것이 영락없는 에스테렐 요정이었다.

「그럼, 안녕!」

「안녕히 가세요, 아가씨.」

이렇게 아가씨는 빈 바구니를 들고 떠났다.

경사진 오솔길 끝으로 아가씨의 모습이 사라지자, 노새의 발굽에 차여 굴러가는 작은 돌멩이 하나 하나가 마치 내 가슴 위로 떨어지는 것만 같았다. 나는 그 소리를 하염없이 듣고 있었다. 그렇게 날이 저물 때까지, 그 꿈결 같은 순간이 흩어질까 두려워 꼼짝도 하지 않고 앉아 있었다.

저녁나절이 되어 계곡 아래가 푸른 빛을 띠기 시작하고, 양 떼들이 서로 몸을 비비며 우리로 들어올 무렵, 누군가가 비탈길에서 나를 부르는 소리가 들렸다. 바로 스테파네트 아가씨였다.

아가씨는 얼마 전의 명랑하던 모습은 간 데 없고 추위와 두려움에 몸을 바들바들 떨고 있었다. 아마 조금 전에 내린 소나기로 범람한 소르그강을 무리해서 건너려다가 물에 빠질 뻔한 모양이었다. 무엇보다도 난처한 일은 이미 날은 저물고 어두워져 집에 돌아가는 일은 생각조차 할 수 없게 되었다는 것이다. 지름길이 있긴 했지만 아가씨 혼자서 지름길을 찾아가는 건 무리였고, 그렇다고 양 떼를 두고 내가 나설 수도 없는 노릇이었다.

산에서 밤을 보내야 한다는 사실에 아가씨는 무척 놀라고 난감해했다. 무엇보다도 걱정할 식구들 생각에 아가씨는 더욱 안절부절못했다. 나는 아가씨를 안심시키기 위해 무슨 말이라도 해야 할 것만 같았다.

「7월의 밤은 아주 짧아요. 조금만 참으면 돼요. 아가씨…….」

나는 강물에 젖은 아가씨의 발과 옷을 말리기 위해 급히 불을 지폈다. 그리고 우유와 치즈를 가지고 왔다. 하지만 애처롭게도 아가씨는 불을 쬐려고도, 뭘 먹으려고도 하지 않았다. 아가씨의 두 눈에 눈물이 가득 고인 것을 보니 나도 울고 싶어졌다.

그러는 동안 주위는 서쪽 산꼭대기에 안개 같은 어렴풋한 빛만 남기고 완전히 어두워졌다. 나는 아가씨를 목장 안에 들어가 쉬게 했다. 새로 깐 짚 위에 만든 지 얼마 안 된

깨끗한 모피를 깔고, 「안녕히 주무세요!」 하고 인사를 했다. 그리고 밖으로 나와 문 앞에 앉았다.

나의 열정은 피가 끓듯이 뜨거웠지만, 하늘에 맹세코 추호도 나쁜 마음은 품지 않았다. 단지 신기한 눈초리로 아가씨를 쳐다보고 있는 양 떼들 바로 옆에서, 세상의 어느 양보다도 소중하고 순결한 아가씨가 내 보호를 받으며 편히 쉬고 있다고 생각하니 마음이 뿌듯할 뿐이었다. 밤하늘이 이렇게 깊고, 별들이 이토록 아름답게 빛나 보이기는 처음이었다.

그때 갑자기 작은 울타리의 문이 열리더니 아름다운 스테파네트 아가씨가 밖으로 나왔다. 아마도 잠이 오지 않는 모양이었다. 양들이 움직일 때마다 들리는 짚단 부스럭대는 소리하며, 이따금 「메에……!」 하고 울기까지 했으니 말이다. 그래서 아가씨는 모닥불 곁으로 오는 편이 낫다고 생각한 것이다.

나는 아가씨의 어깨에 양 모피를 덮어주고 불이 활활 더 잘 타오르게 했다. 그리고 아무 말도 하지 않고 나란히 앉아 있었다.

만약 당신이 산 속에서 밤을 지새워본 적이 있다면, 모두들 잠들어 있을 때 어떤 신비로운 세계가 고요함 속에서 가만히 눈뜨는 것을 느낄 수 있을 것이다. 샘물은 더욱 명랑하게 노래하고, 작은 불빛들은 연못 위에서 반짝이며 춤을 추었다. 산의 요정들도 마음껏 날개를 펼치고, 나뭇잎 스치는 소리와 풀잎 자라는 소리 같은 들릴 듯 말 듯한 작은 소리들이 메아리처럼 느껴졌다.

낮이 살아 있는 것들의 세상이라면, 밤은 죽은 것들의 세상이다. 밤은 그것에 익숙하지 않은 사람에게는 무서운 법이다. 그래서 아가씨는 조금이라도 무슨 소리가 나면 몸을 바들바들 떨며 내게로 바싹 다가왔다. 그때 아래쪽 반짝이는 연못으로부터 길고 구슬픈 소리가 물결치면서 우리들 쪽으로 메아리쳐 왔다. 바로 그 순간, 아름다운 별똥별 하나가 우리의 머리 위로 스쳐 지나갔다. 마치 저 길고 구슬픈 소리가 하나의 빛을 끌고 가는 듯했다.

「저건 뭐지?」

스테파네트 아가씨가 작은 소리로 물었다.

「천국으로 들어가는 영혼이에요.」

그렇게 말하고 나는 가슴에 성호를 그었다. 아가씨도 성호를 그었다. 그리고 잠시 뚫어져라 하늘을 올려다보더니, 나에게 물었다.

「목동들은 마법에 대해 알고 있다는 게 사실이야?」

「그럴 리가요. 아무래도 이곳에서 지내다 보면 별과 가깝기 때문에 산 아래에 있는 사람들보다 별에 대해 조금 더 알고 있을 뿐이죠.」

아가씨의 눈동자는 변함없이 하늘을 향해 있었다. 양 모피를 두르고, 손으로 턱을 받치고 있는 모습은 마치 하늘나라의 귀여운 목동 같았다.

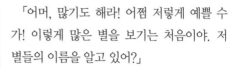

「어머, 많기도 해라! 어쩜 저렇게 예쁠 수가! 이렇게 많은 별을 보기는 처음이야. 저 별들의 이름을 알고 있어?」

「그럼요. 저기 우리 바로 위에 있는 저 별은 〈성 야곱의 길(은하수)〉이에요. 저 별은 프랑스에서 곧장 스페인까지 뻗어 있어요. 용감한 샤를마뉴 황제가 사라센을 쳤을 때, 갈리스의 성 야곱이 저것을 만들어서 왕에게 길을 알려줬죠.

더 멀리 있는 저것은 〈영혼의 차(큰 곰 자리)〉로, 네 개의 축이 빛나고 있어요. 앞에 있는 세 개의 별은 〈세 마리의 야수〉이고, 그 맞은편에 있는 작은 별이 〈마부〉예요. 그 주위에 비 오듯이 마구 흩어져 있는 별들이 보이죠? 저 별들은 하느님께서 곁에 두고 싶어하지 않는 영혼들이에요.

그 조금 아래에 있는 별은 〈갈퀴〉라고도 하고 〈세 명의 왕(오리온)〉이라고도 하는데, 우리들에게는 시계나 다름없죠. 저 별을 보면, 자정이 지났다는 것을 알 수 있어요. 저기서 남쪽 방향으로 조금 밑으로 내려가면, 〈장 드 밀랑(시리우스)〉이 빛나고 있어요. 별 속에서 타오르는 횃불이죠. 이 별에 관해서는 양치기들 사이에 이런 이야기가 있어요.

어느 날 밤, 〈장 드 밀랑〉이 〈세 명의 왕〉하고 〈병아리 바구니(북두칠성)〉와 함께 친구 별의 결혼식에 초대를 받아 갔대요. 〈병아리 바구니〉는 서둘러 먼저 나가 제일 높이 올라갔대요. 보세요. 저 높은 곳, 하늘 꼭대기 말이에요. 〈세

명의 왕〉은 낮은 곳을 가로질러 〈병아리 바구니〉를 뒤쫓아 갔어요. 그런데 게으름뱅이 〈장 드 밀랑〉은 그만 늦잠을 자다가 아주 늦어버렸어요. 화가 난 〈장 드 밀랑〉은 앞서가는 두 별의 걸음을 막으려고 갖고 있었던 지팡이를 던졌대요. 그래서 〈세 명의 왕〉은 일명 〈장 드 밀랑의 지팡이〉라고도 불리지요.

하지만 모든 별들 중에서 제일 아름다운 별은 뭐니뭐니 해도 우리들의 별, 〈목동의 별〉이에요. 새벽녘에 양 떼들을 몰고 나올 때, 그리고 저녁나절 양 떼들을 몰고 들어올 때도 저 별은 우리들 위에서 반짝반짝 빛나고 있죠. 우리들은 저 별을 〈마그론느〉라고도 불러요. 아름다운 〈마그론느〉는 〈피에르 드 프로방스(토성)〉의 뒤를 쫓아가 7년마다 한 번씩 〈피에르〉와 결혼을 하죠.」

「어머! 별들도 결혼을 해?」

「그럼요!」 하고, 별들의 결혼에 대해 이야기하려 했을 때, 어깨 위에 무언가 부드러운 것이 가볍게 누르는 듯한 느낌이 들었다. 그것은 잠이 들어 무거워진 아가씨의 머리였다. 아가씨는 리본과 레이스, 꼬불꼬불한 머리를 사랑스럽게 내 어깨에 기대어 별들이 아침 햇살을 받아 사라질 때까지 잠들어 있었다. 나는 가슴이 좀 두근거렸지만, 아름다운 생각만을 보내준 이 맑은 밤의 성스러움 속에서 잠든 아가씨의 모습을 가만

히 지켜보았다. 우리를 둘러싸고 있는 별
들은 양 떼와 같이 얌전하고 조용한 걸음
을 재촉했다.

나는 생각했다. 이 별들 중에서 가장 예쁘
고, 아름답게 빛나는 별 하나가 길을 잃고 내
어깨에 기대어 잠들어 있다고……

마지막 수업

나는 그날 아침, 수업시간에 지각을 했다.

게다가 아멜 선생님께서 나에게 질문하겠다고 내주신 분사를 공부하지 않아서 혼나지 않을까 잔뜩 겁을 먹고 있었다. 혼이 날 바에는 학교에 가지 말고 들판이나 실컷 돌아다니는 것이 마음 편할 것 같았다.

날씨는 참으로 화창했다. 숲에서는 티티새가 노래 부르고, 제재소 뒤편에 있는 리베르 들판에서는 프러시아 병사들의 훈련소리가 들렸다. 그날은 분사법보다는 그런 것들이 나를 더 유혹했다. 하지만 나는 유혹을 뿌리치고 학교를 향해 달렸다.

읍내 사무소 앞을 지날 때였다. 철책을 둘러놓은 게시판 앞에 사람들이 웅성거리며 서성대고 있었다. 순간 좋은 소식이 아니란 것을 알았다. 게시판에는 2년 전부터 패전, 징집 명령, 프러시아 군사령부로부터 갖가지 안 좋은 소식이 명령조로 나붙었기 때문이다.

〈이번에는 무슨 일일까?〉

나는 학교를 향해 달리면서 생각했다.

대장장이 바쉬테르 할아버지는 게시판을 보고 있다가 광장을 가로질러 달리고 있는 내게 큰소리로 말했다.

「꼬마야! 그렇게 달려갈 것 없다. 아무리 늦는다 해도 지각 같은 것은 없을 거다.」

나는 대장장이 할아버지가 지각한 내 모습을 보고 놀리는 거라 생각했다. 나는 가쁜 숨을 몰아쉬며 학교로 사용하고 있는 아멜 선생님의 집 마당 안으로 들어섰다.

수업이 시작될 무렵이면 책상 뚜껑을 열었다 닫았다 하는 소리, 뭔가를 외우기 위해 큰소리로 책 읽는 소리, 「조용! 조용히들 해!」 하는 아멜 선생님의 목소리와 함께 막대기로 교탁을 두드리는 소리 등이 뒤섞여 큰길까지 들려오기 일쑤였다. 그러면 나는 북새통을 이용해서 내 자리로 슬그머니 도둑고양이처럼 들어가 앉으면 그만이었다.

그런데 그날은 달랐다. 주일 아침처럼 조용했다. 교실의 열린 창문으로 안을 들여다보았더니 친구들은 제자리에 얌전히 앉아 있었으며, 아멜 선생님은 그 무서운 막대기를 겨드랑이에 끼고 칠판 앞을 왔다갔다했다.

나는 살며시 문을 열고 숨소리도 들리지 않는, 고요하다 못해 적막감마저 감도는 교실 안으로 들어갔다. 가슴은 콩닥거리며 뛰었고, 얼굴은 홍당무처럼 달아올랐다. 그때의 상황은 자세히 설명하지 않아도 상상이 되고도 남을 만하리라. 그런데 이게 어찌된 일일까? 아멜 선생님은 화를 내기는커녕 조용하고 부드러운 목소리로 말씀하셨다.

「프란시스, 어서 네 자리로 가서 앉아라. 하마터면 너를

빼놓고 수업을 시작할 뻔했구나.」

나는 재빠르게 의자를 넘어 내 자리로 가서 앉았다. 자리에 앉자 심란하고 걱정스러웠던 마음이 조금은 가라앉는 듯했다. 그러고 보니 아멜 선생님께서는 장학관 검열 때나 시상식장에서만 입었던 초록색 프록코트에 가느다란 주름이 잡힌 가슴 장식을 달고, 수가 놓여진 검정색 비단으로 만든 테 없는 모자를 쓰고 계셨다.

교실 안은 평상시와는 전혀 다른 분위기였고, 무척 조용하고 엄숙해 비장하기까지 했다. 더욱 놀라운 일은 교실 안쪽에 놓여 있는 의자에 마을 사람들이 숨소리조차 내지 않고 앉아 있는 모습이었다.

세모난 모자를 쓰고 있는 오제 할아버지, 예전에 읍장을 지냈던 아저씨, 우체부 아저씨, 그리고 낯익은 마을 사람들…… 이들은 모두 비통해하는 표정이었다. 오제 할아버지는 프랑스어 문법책을 무릎 위에 펼쳐놓고 그 위에 돋보기를 올려놓고 있었는데, 그 문법책은 모서리가 모두 닳아 있었다.

내가 영문을 몰라 어리둥절해서 교실 풍경을 하나씩 눈여겨보고 있는 사이에 아멜 선생님은 교단으로 올라가셨다. 그리고 나에게 했던 것처럼 조용하고 엄숙한, 그러나 부드러운 목소리로 말했다.

「여러분, 오늘이 제 마지막 수업입니다. 베를린으로부터 알자스와 로렌의 모든 학교에 독일어로만 교육하라는 명령이 내려왔습니다. 내일 새로운 선생님이 부임하실 겁니다. 지금 이 시간으로 프랑스어 수업은 마지막이 될 겁니다. 부탁하건대 열심히 마지막 수업을 받아 주시기 바랍니다.」

〈그랬었구나. 읍내 게시판에 붙은 명령서가 바로 이거였구나…….〉

선생님의 말을 듣는 순간, 나는 형언하기 힘든 감정에 휩싸였다.

〈아! 프랑스어의 마지막 수업이라니…….〉

나는 이제 겨우 프랑스어를 띄엄띄엄 쓸 정도에 지나지 않았다. 그런데 이제 그 글을 영원히 배울 수가 없단 말인가. 언제까지 이렇게 지내야 하는 걸까. 헛되이 보낸 지난날들이 후회스러웠다. 공부는 뒷전으로 하고 새 둥지를 찾아 다니던 일, 샤르강으로 나가 신나게 얼음을 치고 놀았던 일들…….

조금 전 교실 밖에서까지만 해도 따분하고 지겹고 무겁게만 느껴지던 책가방 속의 책들, 문법 교과서며 이야기 성서 등이 오랜 친구처럼 느껴지는 것이었다.

아멜 선생님에 대한 감정은 더욱 북받쳤다. 선생님께서 떠나시면 이제는 다시 볼 수 없을 것이다. 선생님께 벌받았던 일이며, 막대기로 맞았던 일들이 아스라한 기억의 저편으로 천천히 사라지고 있었다.

〈가엾은 아멜 선생님…….〉

마지막 수업을 위해 평상시에 입지 않던 옷으로 차려입으셨단 말인가. 그리고 마을 어른들이 교실에서 아이들과 함께 앉아 있는 이유도 알게 되었다. 교실에 앉아 아멜 선생님의 마지막 수업을 지켜보고 있는 마을 사람들은 그동안 학교에 자주 찾아오지 못했던 일에 대해 마음속으로 후회하고 있는 듯했다. 뿐만 아니라 40년 동안 선생님께서 학교에 쏟은 열정과 헌신에 대해 진심으로 감사하고, 빼앗긴 조국에 대한 그들의 의무를 최대한 다하려는 의지로 저렇게 앉아 있는 것 같았다.

내가 이렇듯 복잡한 생각으로 머릿속이 혼란스러워지고 있을 때, 선생님께서 내 이름을 부르는 소리가 들렸다. 내가 외울 차례였다. 그 문제의 분사법을 큰소리로 또랑또랑하게 한 곳도 틀리지 않고 줄줄 외울 수만 있다면 얼마나 좋겠는가. 그러나 정작 외우려고 하니 첫마디부터 막히고 말았다. 당혹스러움과 슬픈 마음이 나를 감쌌다. 나는 고개를 숙인 채 몸을 비틀며 힘없이 서 있을 수밖에 없었다. 그런 내 모습을 보신 아멜 선생님께서 말씀하셨다.

「프란시스, 나는 너를 꾸중하지 않겠다. 너는 이미 너 자신을 꾸짖고 있을 테니까. 그리고 충분히 잘못을 뉘우치고 있을 테니까…… 그래, 그렇단다. 사람들은 이렇게 자신에게 말하지. 〈서두를 것 없다. 오늘 못하면 내일 하면 되지.〉라고.

그런데 프란시스, 그 결과는 어떻게 되겠니? 네가 지금 겪고 있는 그대로란다.

아! 자녀들의 공부를 뒤로 미뤘다는 것이 우리 알자스의 불행 중 가장 큰 불행이었어. 지금 프러시아 사람들은 우리들을 비웃고 있겠지? 너희들은 프랑스인이란 자부심을 갖고 있지만 우리 말을 읽고 쓸 줄 모르지. 우리 모두 반성하고 크게 뉘우쳐야 돼! 프란시스, 이것은 결코 너희들의 잘못이 아니란다. 부모님들은 너희들을 열심히 공부시키려고 노력하지 않았어. 조금이라도 돈을 더 벌기 위해 너희들을 들판이나 공장으로 내보내기를 원했으니까.

그렇다면 이 선생님은 반성할 일이 없을까? 너희들에게 공부 시간에 꽃밭에 물을 주게 하거나, 송어 낚시를 가고 싶어할 때 아무 망설임 없이 수업을 빠뜨리고 가지는 않았는지…….」

곧 이어서 아멜 선생님은 프랑스어에 관해 여러 가지 이야기를 들려주셨다. 프랑스어는 지구상에서 가장 아름답고, 분명하며, 가장 확실한 언어라는 것. 그래서 우리 모두는 그 말을 잘 지켜야 하고, 절대 잊어서는 안 된다는 말씀이었다. 한 국민이 다른 나라의 노예가 된다고 해도 자기 나라 말을 잊지 않고 간직하면 그 감옥의 열쇠를 지니고 있는 것과 마찬가지라는 말씀이었다.

잠시 후 선생님은 문법책을 펼쳐 우리가 배워야 할 부분을 읽어주셨다. 나는 선생님께서 읽어주시는 부분이 귀에

쏙 들어와 나 자신도 놀랄 정도였다. 그것은 내가 지금처럼 이렇게 열심히 수업을 받은 적도 없었고, 선생님께서 지금처럼 자상하고 정성스럽게 설명해 주신 적도 별로 없었기 때문이었다. 선생님께서는 마지막 수업에서 당신이 알고 있는 모든 지식을 우리들에게 다 주려는 듯했다.

문법 시간이 끝났다. 이번에는 쓰기 시간이다. 이 시간을 위해 아멜 선생님은 새로운 글씨본을 준비하셨다. 거기에는 예쁜 론드체로 〈프랑스, 알자스, 프랑스, 알자스〉라고 쓰여 있었다. 그것은 마치 작은 깃발을 교실 이곳저곳에 꽂아 놓았을 때 펄럭이는 모습 같았다.

우리들은 글씨 쓰기에 온 정신을 쏟았다. 모두들 열심히 쓰고 또 썼다. 교실 안은 너무나 조용해서 사각사각 종이 위에 펜 스치는 소리만이 들릴 뿐이었다. 풍뎅이 몇 마리가 교실 안으로 날아 들어와 윙윙거렸지만 아무도 신경 쓰는 사람이 없었다. 종이 위에 그것이 마치 프랑스 말이라도 되는 듯 작대기만 긋는 어린아이들까지도 열성적이었다. 학교 지붕 위에서는 비둘기들이 구구구, 울고 있었다. 나는 비둘기들의 우는 소리를 들으며 생각했다.

〈그들은 비둘기들에게도 독일어로 울라고 명령하려는 것은 아닐까?〉

잠시 책에서 눈을 돌려 교단을 바라보니 아멜 선생님은 꼼짝도 하지 않고 교실 안에 있는 물건들을 쳐다보고 계셨다. 자신이 오랫동안 몸담았던 이 작은 학교의 모든 것들을 자신의 눈 속에 담아가기라도 하려는 듯했다.

생각해 보면 아멜 선생님은 지난 40년 동안 똑같은 자리에서 똑같은 운동장을 바라보며, 똑같은 교실에서 보내신 것이다. 다만 책상과 걸상만이 오래 돼 긁히고 반질반질 윤이 났다. 마당에 심은 호두나무는 아름드리 자랐으며, 선생님이 직접 심었다는 호프덩굴은 교실 창가를 지나 지붕까지 뻗어 올라가 있었다.

선생님은 이 모든 것들과 이별해야 하는 것이다. 교실 바로 위층에서 짐을 꾸리느라 왔다갔다하는 동생의 발자국 소리를 듣는다는 것은 선생님으로서는 견디기 힘든 슬픔일 것이다. 내일이면 그들은 이곳을 영원히 떠나야 한다.

선생님께서는 가슴 깊이 솟구치는 슬픔과 괴로움을 참으며 마지막까지 열심히 수업을 하셨다.

쓰기 공부를 마치고 다음에는 역사 공부를 했다. 그 다음에는 꼬맹이들도 함께 바. 베. 비. 보. 뷔(BA. BE. BI. BO. BU) 하며 노래를 불렀다.

오제 할아버지는 교실 뒤쪽에 앉아 안경을 쓰고 우리들과 함께 프랑스어 문법책을 한 자 한 자 더듬거리며 따라 읽고 있었다. 할아버지는 있는 힘을 다해 열심히 읽었다. 할아버지의 목소리는 슬픔과 감동으로 뒤섞여 떨리고 있었다. 우리는 할아버지의 떨리는 목소리가 너무나 우스꽝스러워서 웃어야 할지 울어야 할지 참으로 난감해했다.

나는 너무 슬펐다. 아아! 나는 정말이지 오늘의 마지막 수업을 어른이 된 후에도 평생 잊지 못할 것이다.

갑자기 괘종시계가 정오를 알렸다. 곧이어 방젤뤼스(오전, 정오, 오후에 걸쳐 세 번 올리는 기도)를 알리는 성당의 종소리가 들려왔다. 그 순간, 아멜 선생님은 얼굴이 새파랗게 질려 자리에서 일어났다. 선생님의 그런 모습은 지금껏 단 한 번도 본 적이 없었다.

「여러분!」

이 한 마디 뒤의 숨막히는 침묵, 그리고 또 「여러분, 나는……, 나는…….」

그러나 선생님은 끝내 말을 잇지 못했다. 무언가가 선생님의 가슴을 짓누르고 있는 것 같았다. 선생님은 결국 말을 채 잇지 못하고 칠판 앞으로 가서 분필을 집어들었다. 그리고 있는 힘을 다해 가장 큰 글씨로 이렇게 썼다.

「VIVE LA FRANCE!(프랑스 만세)」

그리고 칠판에 이마를 대고 꼼짝도 하지 않은 채 한참을 숨죽이고 있었다. 이윽고 힘없이 우리를 향해 손짓을 했다.

「애들아, 모두 끝났어……. 그만 돌아들 가야지.」

스갱 씨의 염소

파리의 서정시인 피에르 그랑고아르에게

아무리 기다려도 빛을 보기 힘들걸, 그랑고아르!

자넨 도대체 어떻게 된 건가. 파리의 일류 신문사 기자 자리를 마련해 주겠다고 하는데, 그걸 완강하게 뿌리치다니……. 자, 자네 꼴을 좀 보게. 이 가엾은 친구야! 구멍 난 윗도리에 찢어진 바지, 게다가 며칠은 굶은 듯한 앙상한 얼굴……. 이게 다 그 아름다운 시에 푹 빠져버린 덕분이겠지! 아폴로(그리스 신화에 나오는 태양신인 동시에 시와 예술의 신)를 섬기며 십 년간 충실하게 일해 온 보상이 겨우 이건가? 그래도 부끄럽지 않은가?

그러니까 제발 기자가 되란 말일세. 도대체 말을 못 알아듣는군. 기자가 되라니까! 장미 문양이 새겨진 번쩍이는 은화도 많이 들어올 테고, 브레방 레스토랑(당시 유명했던 파리 몽마르트르 거리의 음식점)에서는 귀한 손님으로 대접받고……, 또 모자에 새 깃털 장식을 달고 극장에도 들어갈 수 있지 않나.

싫다고? 되고 싶지 않다고? 도대체 언제까지 고집을 부릴 건가……. 그래 좋아, 그렇다면 〈스갱 씨의 염소〉라는 이야기를 좀 들어보게. 자기 멋대로만 살려고 들면 어떤 꼴을 당하는지 알게 될 테니 말일세.

스갱 씨는 염소를 키우는데 도무지 운이 따르지 않았지. 모두 한결같이 집을 뛰쳐나가는 거야. 염소들은 눈 깜짝할 사이에 밧줄을 끊고, 산 속으로 도망쳐 버리곤 했어. 그리고 는 얼마 못 가 산 속에 도사리고 있는 늑대의 먹이가 되어버렸지. 아무리 스갱 씨가 귀여워해 줘도 아무리 늑대가 무섭다고 말을 해도, 막을 수 없었어. 드넓은 대지와 자유를 위해서는 목숨도 아깝지 않은 자유분방함 때문이지.

염소들의 이런 성격을 알 리 없는 마음씨 좋은 스갱 씨는 염소가 도망을 칠 때마다 무척이나 실망했지.

「염소들은 집이 따분한 모양이야. 안 되겠어. 이제 두 번 다시 염소란 놈은 키우지 말아야지!」

말은 이렇게 했지만 그는 매번 희망을 버리지 않았어. 같은 식으로 여섯 마리의 염소를 모두 잃고 난 후에도 일곱 번째 염소를 샀지. 그리고 이번에는 길을 잘 들여서 집에 붙어 있게 하려고 일부러 아주 어린 놈을 사들였어.

아아, 그랑고아르! 스갱 씨의 그 어린 염소는 정말 나무랄 데 없는 녀석이었어. 귀여운 눈매와 기품 있는 멋진 턱수염, 검게 빛나는 발굽과 줄무늬 뿔, 우아하게 감싸고 있는 길고 하얀 털, 그 멋진 모습에 대해 말하자면, 에스메랄다(빅토르 위고의 소설 〈노틀담의 꼽추〉에 등장하는 여주인공)의 어린 염소, 바로 그 자체였지. 기억하고 있을 거야, 그랑고아르. 그것과 똑같이 아름다웠다고. 게다가 얌전하고 사람도 잘 따르고, 화분 속에 발을 집어넣지도 않고, 젖을 짜는 동안도 움직이지 않고 얌전히 있었지. 정말 귀엽고 사랑스러운 염소였어…….

스갱 씨 집 뒤에는 산사나무로 둘러싸인 밭이 하나 있는데, 그는 바로 이곳에 신참 기숙생을 들인 거지. 풀밭에서 제일 아름다운 곳에 밧줄이 너무 짧지 않게 신경을 써서, 말뚝에 붙잡아 묶어 놓았어. 이렇게 해놓고 가끔씩 잘 있는지 보러 가곤 했지. 염소는 아주 만족스러운 모습이었고, 풀도 맛있게 먹고 있어서 스갱 씨는 무척 기뻐했지.

「휴, 이제야 겨우 집에 붙어 있는 놈을 찾아냈군.」

그러나 그건 스갱 씨의 착각일 뿐, 그 어린 염소는 그 집에 점점 싫증을 느끼기 시작했던 거야.

어느 날 어린 염소는 먼 산을 바라보면서 생각했지.

〈저 높은 곳은 얼마나 좋을까? 목을 조이는 고삐 같은 것도 없을 테고, 브류이엘의 덤불 속을 뛰어다니면 얼마나 즐거울까? 담으로 둘러싸인 밭에서 풀을 뜯는 것은 소나 노새가 할 짓이야……. 나 같은 염소들에게는 보다 넓은 곳이 필요하다고.〉

그 이후로 어린 염소에게는 담으로 둘러싸인 밭의 풀은 맛도 향기도 없는 지푸라기처럼 느껴졌지. 어린 염소는 따분한 생활에 날이 갈수록 야위었고 젖의 양도 줄어들기 시작했어. 하루 종일 고삐를 당겨서 머리를 산 쪽으로 돌리고, 코를 벌름거리며 구슬프게 「메에―!」 하고 울어대는 것이 여간 딱한 게 아니었지.

스갱 씨는 진작부터 어린 염소가 좀 이상하다는 것을 눈치채고 있었다네. 그러나 무슨 영문인지는 몰랐지. 어느 날 아침 젖짜기가 끝날 무렵, 어린 염소는 갑자기 뒤돌아 서서, 「메에!」 하고 스갱 씨에게 말을 걸었다네.

「내 말 좀 들어보세요, 스갱 아저씨! 계속 이곳에 있으면 몸이 말라 비틀어질 거예요. 제발 절 산 속으로 보내주세요.」

〈세상에, 기가 막혀라! 이 녀석도 마찬가지야.〉

스갱 씨는 너무나 황당해서 놀라는 바람에 들고 있던 그릇을 떨어뜨리고 말았지. 그리고 나서 어린 염소와 나란히 풀밭에 앉아 이야기했다네.

「왜 그래, 블랑케트! 뭐? 집을 나가고 싶다고?」

이렇게 묻자 블랑케트는 대답했다.

「네, 스갱 아저씨.」

「이유가 뭐야? 풀이 모자라?」

「아니오! 아니에요!」

「그럼, 고삐가 너무 짧아? 줄을 좀 길게 해주면 되겠어?」

「그런 건 상관없어요, 스갱 아저씨.」

「그러면 뭐가 부족한 거야? 내가 어떻게 해줬으면 좋겠어?」

「산 속으로 가고 싶어요.」

「이 철부지야! 산 속에 늑대가 살고 있다는 걸 몰라서 하는 소리야? 만약 늑대가 나타나면 어떻게 할래?」

「이 뿔로 받아버리죠, 뭐…….」

「늑대는 네 머리의 뿔 같은 건 뿔로 여기지도 않아. 어림 없지. 나는 그놈에게, 너와는 비교도 안 될 만큼 뿔이 큰 어른 염소를 몇 마리나 뺏겼어. 작년에 여기 있었던 불쌍한 르노드 할머니 염소를 너도 잘 알고 있겠지? 남자처럼 힘도 세고 고집도 센 그 할머니 염소 말이야. 그 염소는 밤새도록 늑대와 싸웠지만, 결국은 그 늑대 놈한테 잡아먹히고 말았어.」

「어쩜 불쌍해라, 르노드 할머니!……. 하지만 상관없어요, 스갱 아저씨. 제발 절 보내주세요.」

「아아, 답답해라……. 도대체 우리 집 염소들은 어떻게 된 거야! 이제 이놈마저 늑대 밥이 되려고 하다니! 안 돼, 그럴 수는 없지. 블랑케트, 네가 뭐라 해도 나는 너를 보낼 수 없어. 이 못된 녀석아! 밧줄을 못 끊도록 우리에 가둬두겠다. 알겠어? 딴 생각 말고 얌전히 있어!」

스갱 씨는 어린 염소를 깜깜한 우리로 끌고 가서, 문을 이중으로 꼭꼭 잠가 버렸다네. 그런데 이런! 그만 창문 닫는

걸 잊었던 거야. 스갱 씨가 등을 돌리자마자 어린 염소는 창
문으로 도망가 버리고 말았지.

자네, 지금 웃고 있군. 그랑고아르! 그래, 잘 알고 있어.
자네는 이 사람 좋은 스갱 씨에게 반기를 들
면서, 염소 편을 들고 있겠지? 하지만 언제
까지 웃을 수 있을지, 두고 보지.

그렇게 도망친 어린 염소는 산 속에 다다
르자, 모든 것이 황홀하게 보였다네. 지금까지
그처럼 멋진 노송은 본 적이 없었지. 어린 염소는 모두에게
여왕처럼 환대를 받았다네. 밤나무는 가지 끝으로 어린 염
소를 쓰다듬으려고 땅에 닿다시피 몸을 구부렸어. 황금빛
금작화는 지나는 길목마다 꽃을 피우고, 어린 염소는 그 향
기를 기분 좋게 한껏 들이마셨어. 산 속의 모든 것들이 어린
염소를 환영해 주었지.

그랑고아르! 그 어린 염소가 얼마나 기뻐했는지, 자네도
상상이 되겠지? 이제는 자유를 억압하는 밧줄도 없고, 그
줄을 매어두는 말뚝도 없으니 마음대로 뛰어다닐 수 있고
먹고 싶은 대로 풀을 뜯는 걸 누가 말리겠나.

또 뿔을 덮을 정도로 무성한 풀은 얼마나 다양한 종류로
많이 있는지……. 향긋한 것, 부드러운 것, 까슬까슬한 것,
그야말로 각양각색의 풀들이 우거져 있는데 울타리 안에 있
는 풀과는 질이 달랐지. 게다가 눈부시게 아름다운 꽃
들……, 큰 봉오리의 도라지꽃, 길다란 꽃받침을 가진 진홍

색 디기탈리스, 향긋한 이슬이 듬뿍 맺혀 있는 야생화까지 만발해 있었지.

그 아름다움에 취한 어린 염소는 풀 위에 누워 이리저리 뒹굴기도 하고, 낙엽과 밤송이들과 한데 섞여 비탈길을 미끄럼틀 삼아 미끄러져 내리는가 하면 갑자기 벌떡 일어나 숲속을 달리기도 했지. 머리를 앞으로 내민 채 덤불을 뚫고, 회양목 숲을 지나 험한 봉우리 위로, 때로는 움푹 패인 땅으로, 높은 곳으로, 혹은 낮은 곳으로, 이쪽저쪽으로……. 마치 산 속에 스갱 씨의 염소가 열 마리는 되는가 싶게 뛰어다녔어.

블랑케트는 이제 세상에 두려울 것이 없었지.

그 어린 염소는 냇물을 몇 줄기나 뛰어넘어, 온몸에 눅눅한 진흙과 물보라가 튀었지. 그러다가 물방울을 뚝뚝 떨어뜨리며 평평한 바위 위로 가, 햇볕에 몸을 말리곤 했어.

그리곤 금작화를 입에 물고 아주 높은 언덕에 올라갔어, 멀리 들판에 스갱 씨의 집과 그 뒤편의 풀밭이 한눈에 들어왔지. 그걸 본 어린 염소는 눈물이 나올 정도로 웃었다네. 그리고 혼자 중얼거렸지.

〈어쩜, 저렇게 작을 수가! 어떻게 저 속에서 웅크리고 살았지?〉

가엾은 녀석 같으니라구! 그렇게 높은 곳에 서 있으니 자신이 하늘만큼이나 높고 위대하다고 생각됐겠지.

어쨌든 그날은 스갱 씨의 어린 염소에게 있어서 최고로

기쁜 날이었다네.

사방으로 뛰어 돌아다니다가 점심때쯤, 머루를 맛있게 먹고 있는 한 무리의 영양 떼를 만나게 됐지. 하얀 옷을 몸에 두른 우리의 어린 염소는 그들의 시선을 끌기에 충분했어. 그 영양들은 어린 염소에게 가장 맛있는 머루가 있는 장소를 선뜻 내주며 온갖 친절을 베풀면서 어린 염소의 환심을 사려고 무척이나 애쓰더군.

이것은 자네와 나만 아는 비밀인데, 한 마리의 검고 젊은 영양은 운 좋게도 블랑케트의 마음에 들었던 모양이야. 둘은 다정하게 숲을 누비며 한동안 산책을 했지. 둘이 무슨 이야기를 나눴는지 알고 싶으면, 이끼 사이로 졸졸 흐르는 수다쟁이 시냇물에게 물어보게.

갑자기 바람이 차가워졌어. 해가 지면서 산은 보랏빛으로 물들었다네. 금세 저녁이 된 거지.

「어? 벌써 저녁이네.」

어린 염소는 겁이 났는지 깜짝 놀라 멈춰 섰지. 아래를 보니 들판은 안개 속에 잠겨 있었다네. 스갱 씨의 풀밭은 안개에 휩싸여버렸고, 그 작은 집은 이제 가느다란 연기가 피어오르는 굴뚝밖에 보이지 않았어. 집으로 돌아가는 한무리 양 떼의 방울소리에 귀를 기울이고 있으니, 마음 가득 외로움이 밀려오기 시작했지. 둥지로 돌아가는 커다란 매가 어린 염소를 스치고 지나가자 어린 염소는 몸을 떨었다네. 그리고 얼마 후에 산 속에서 으르렁거리는 소리가 들려오기 시작했지.

「우우- 우우-.」

그제야 어린 염소는 늑대를 떠올렸다네. 하루 종일 정신없이 뛰어노느라 그 생각은 미처 못했던 거지. 때마침 나팔 소리가 멀리 계곡까지 울려 퍼졌다네. 이것은 스갱 씨의 마지막 노력이었지.

「우우!- 우우!-.」

늑대는 계속 울부짖었다네.

「돌아와라. 제발 돌아와!」

나팔도 애타게 외치고 있었어.

순간, 어린 염소는 돌아가고 싶다는 생각을 했지. 그러나 말뚝과 밧줄, 풀밭의 담을 생각하자, 이제 더 이상 그런 생활은 참을 수 없을 것만 같았지. 차라리 이곳에 있는 편이 낫다고 생각했어.

더 이상 나팔 소리는 들리지 않았어. 그때였지. 어린 염소는 등 뒤에서 바스락거리는 소리를 들었다네. 뒤돌아보니 쫑긋 솟은 두 귀와 번쩍번쩍 빛나는 두 눈이 어둠 속에서 번득였다네. 바로, 늑대였지.

커다란 늑대는 꼼짝도 하지 않은 채 떡 버티고 앉아서 어린 염소를 뚫어지게 쳐다보고 있었다네. 입맛까지 다시며

꼴깍 침을 삼키고 있었어. 늑대는 결코 서두르지 않았어. 어차피 얼마 후면 자신의 먹이가 되리라는 걸 알고 있었기 때문이겠지. 어린 염소가 돌아보자 늑대는 음흉한 미소를 지으며 말했다네.

「이런, 스갱 씨의 공주님 염소 아니신가?」

그리고는 커다랗고 붉은 혓바닥으로 검푸른 입술을 쓰윽 핥았지.

어린 염소는 이제 끝장이라고 생각했어. 또 한편으로는 밤새도록 싸우다 결국 늑대 밥이 되었다는 르노드 할머니 염소 이야기를 머릿속에 떠올리며 차라리 지금 당장 먹히는 편이 낫지 않을까 하는 생각도 했지.

하지만 이내 생각을 고쳐먹고, 자신도 스갱 씨의 용감한 염소인 것처럼 머리를 숙여 뿔을 내밀어 맞서는 자세를 취했지. 가까이 오면 뿔로 받아버리려고……

물론 자신이 늑대를 해치울 수 없다는 건 너무나 잘 알았어. 아무리 힘센 염소라도 늑대를 이겼다는 소리는 한번도 들어본 적이 없으니까. 단지 자신도 르노드 할머니만큼 오래 버틸 수 있는지 시험해 보기 위해서였지.

마침내 늑대가 다가오기 시작했네. 어린 염소도 뿔을 앞으로 내밀고 곧 전투태세로 돌입했지.

아, 우리의 당찬 블랑케트! 얼마나 씩씩하게 맞서 싸웠는지……. 늑대는 열 번도 넘게 뒷걸음질쳐 숨을 돌리더군. 정말이야, 그랑고아르! 잠시 동안의 휴전 중에도 어린 염소는 재빠르게 자신이 좋아하는 풀을 입 안 가득 물고 와서는 다시 싸움에 임했다네.

싸움은 밤새도록 계속됐지. 어린 염소는 맑은 하늘에 반짝이는 별들을 올려다보며 생각했다네.

〈아아, 동이 틀 때까지만이라도 버틸 수 있다면…….〉

어느새 하나 둘, 별들이 사라져가기 시작했네. 어린 염소는 더욱 용감하게 뿔을 휘둘렀고, 늑대는 더욱 거세게 어린 염소를 물어뜯었지.

희미한 빛이 어렴풋이 지평선에 나타나고 어디선가 아침을 알리는 닭 울음소리가 들려왔지.

〈아아, 마침내 날이…….〉

결국 죽기 위해 날이 밝기만을 애타게 기다려온 가련한 어린 염소는 이렇게 중얼거렸어. 그리고 아름다운 흰털을 붉은 피로 물들이며 쓰러졌지. 그와 동시에 늑대는 어린 염소에게 달려들어 순식간에 먹어치웠다네.

그럼 잘 있게, 그랑고아르!

자네가 들은 이 이야기는 내가 꾸며낸 것이 아닐세. 혹 자네가 언제든 프로방스에 올 일이 있으면, 이곳 농부들이 〈스갱 씨의 염소〉 이야기를 들려줄 걸세.

「그 어린 염소는 밤새도록 용감하게 늑대와 맞서 싸웠지

65

만, 새벽녘이 되자 결국 그 늑대 놈한테 잡아먹히고 말았지
요…….〉

잘 알겠지? 그랑고아르!

새벽녘이 되자 그 늑대 놈이, 결국 어린 염소
를 삼켜버리고 말았다는 것을.

황금 뇌를 가진
남자 이야기

재미있는 이야기를 듣고 싶어하는 부인께

부인의 편지를 받아보고 먼저 죄송하다는 생각이 들었습니다. 제가 쓰는 이야기들이 좀 어둡다는 점, 정말 미안하게 생각합니다. 그래서 오늘은 뭔가 아주 유쾌한 이야기를 해 드리려고 마음먹고 있습니다.

도대체 저에게 무슨 슬픈 일이 있겠어요. 저는 파리 사람들을 우수에 젖게 하는 짙은 안개로부터 수천 리나 떨어진, 춤과 뮤스카 포도주의 고장, 그곳에서도 태양이 가득 내리쬐는 언덕 위에 살고 있거든요. 저를 둘러싸고 있는 것은 오로지 눈부신 태양과 감미로운 음악소리뿐이랍니다.

매와 물떼새의 오케스트라, 박새들의 합창, 아침마다 들려오는 도요새의 노랫소리, 한낮에는 매미들의 울음소리, 그리고 목동들이 부르는 피리 소리, 저 멀리 포도밭에서 들려오는 아리따운 밤색 머리 아가씨들의 웃음소리……. 도저히 이곳에서는 우울한 생각에 빠질 수가 없답니다. 오히려 저는 부인들께 바구니 하나 가득 넘쳐 흐르는 장밋빛 노래와 사랑 이야기를 보내드려야 하겠죠.

하지만 그렇게 하질 못했습니다.

아직은 파리에서 너무 가까워요. 매일 이곳 소나무 숲속까지 파리의 그 슬픈 눈물방울이 튀어온답니다. 지금 이 편지를 쓰고 있는 순간에도 저는 샤를르 바르바라의 비참한 죽음에 관한 소식을 들었습니다. 그 우울한 소식 때문에 저의 풍찻간은 초상집처럼 슬픔에 잠겨 있어요. 도요새도 매미도 이런 저의 슬픔을 함께 해주진 못하는군요. 이런 사정 때문에 오늘 부인께 재미있는 이야기를 해드리겠다고 한 약속은 지킬 수가 없을 것 같습니다. 오늘도 우울한 이야기밖에 할 수 없게 된 것을 이해해 주시기 바랍니다.

옛날에 황금 뇌를 가진 한 남자가 있었어요. 그래요 부인, 정말 머릿속이 온통 황금으로 가득 찬 남자였죠. 그가 세상에 태어났을 때 의사들은 이 아이는 얼마 못 살 거라며 걱정했어요. 그만큼 아이의 머리가 너무 무겁고, 두개골은 터무니없이 컸던 겁니다. 그러나 의사들의 걱정과는 달리 아이는 아름다운 올리브나무처럼 잘 자랐어요. 단지 그 커다란 머리 때문에 걸어다니는 게 좀 힘들었을 뿐이지요. 불쌍하게도 걸핏하면 부딪치고 구르고 하니 보기에도 딱할 지경이었지요.

어느 날 그는 계단에서 굴러 떨어져 대리석 모서리에 머리를 세게 부딪쳤죠. 그 순간 그의 머릿속에서 쇳덩이 부딪치는 소리가 났어요. 모두들 그가 죽었을 거라고 생각했지요. 그런데 일으켜보니 한쪽에 가벼운 상처만 입었는데 놀

랍게도 금빛 머리카락에 황금 부스러기가 달라붙어 있었어
요. 그때 그의 부모는 그 아이의 뇌가 황금으
로 되어 있다는 것을 알았지요.

이 일은 비밀에 부쳐졌죠. 심지어 아이 자
신조차 그 사실을 꿈에도 알지 못했지요. 단
지 아이는 왜 전처럼 친구들과 같이 밖에서
뛰어놀면 안 되는지를 물었어요. 그러면 어머
니는 이렇게 대답했죠.

「나쁜 사람이 몰래 잡아갈까 봐 그래.」

어머니의 말에 아이도 잡혀가는 것이 무서웠던지 혼자서
놀게 되었고, 무거운 머리를 이고 이 방에서 저 방으로 걸어
다니곤 했어요.

아이가 18살이 되었을 때, 아이의 부모는 하늘이 내려주
신 무시무시한 선물에 대해 아이에게 말해 줬죠. 그리고 지
금까지 키워준 보답으로 머릿속에 들어 있는 황금을 조금
떼어줬으면 좋겠다고 말했어요. 아이는 조금도 주저하지 않
고 그 자리에서 호두알 크기만한 황금 한 덩어리를 떼어내
어 어머니의 무릎 위에 올려놓았죠.

그는 자신의 머릿속에 들어 있는 황금의 존재에 대해 알
게 되자, 이 세상을 다 가진 듯한 착각에 빠져들었어요. 그
리고 자신의 능력에 도취된 채 부모와 집을 뒤로 하고, 정처
없이 그 보물을 낭비하러 떠났습니다.

그는 황금을 마구 뿌리며 임금과 같은 생활을 했죠. 그를

본 사람들은 그의 머릿속에는 황금이 무궁무진하게 들어 있는 모양이라고 생각했어요. 그러나 실은 그게 아니었어요. 황금은 그가 쓰는 대로 점점 줄어들고 있었던 거예요. 총명했던 두 눈은 날이 갈수록 그 빛을 잃어가고, 두 볼은 앙상해져만 갔죠.

반미치광이처럼 사람들과 어울려 밤새도록 놀고 난 다음 날 아침, 술자리에 남은 음식들과 희미해져 가는 촛불 속에 혼자 남겨진 이 가련한 남자는, 자신의 머리에 뚫린 커다란 구멍을 발견하고는 소스라치게 놀랐어요. 그는 두려움에 몸을 떨었죠. 이제는 단호한 결심을 하지 않으면 안 되었던 겁니다.

그 후, 그의 생활은 몰라보게 달라졌어요. 황금 뇌를 가진 남자는 자신의 힘으로 살아가기 위해 사람들에게서 멀리 떨어져 조용히 살았죠. 그는 모든 유혹을 뿌리치면서, 두 번 다시 손대고 싶지 않은 머릿속 보물을 깨끗이 잊으려고 애썼어요.

그러나 불행하게도 어느 몹쓸 친구 하나가 몰래 뒤를 밟아 그를 쫓아온 겁니다. 이 친구는 황금의 비밀을 알고 있었던 거죠.

그날 밤, 이 가련한 남자는 견디기 힘든 머리의 통증을 느끼며 잠에서 깼어요. 정신없이 일어나 보니 친구가 외투에 뭔가를 숨기면서 달빛 속으로 도망치는 것이 아닙니까. 또다시 황금 뇌가 떨어져 나간 거죠.

얼마 후 황금 뇌를 가진 남자는 금발머리 소녀와 사랑에 빠지게 되었어요. 그는 진심으로 그 소녀를 사랑했어요. 소녀 또한 그를 아주 좋아하고 있었죠. 하지만 소녀는 그를 사랑하는 것 이상으로 아름다운 리본과 하얀 깃털 장식, 그리고 예쁜 장신구들을 원했어요.

작은 새, 혹은 인형과도 같은 이 귀여운 소녀의 손 안으로 황금은 바람처럼 사라져갔습니다. 날이 갈수록 소녀는 새로운 무언가를 요구했고, 그럴 때면 그는 도저히 거절할 수가 없었죠. 그는 소녀가 괴로워할까 봐 끝내 황금의 비밀에 대해 이야기하지 않았어요.

「우리는 부자죠?」 하고 소녀가 물으면, 이 가련한 남자는 언제나 이렇게 대답을 했죠.

「암, 그렇구 말구. 우린 부자지!」

이렇게 그는 아무것도 모르는 채, 그의 두개골을 쪼아대고 있는 작은 파랑새에게 애정 어린 미소를 지어 보였습니다. 그러다가 문득 겁이 나서 이제는 좀 절제해 보려고 마음먹기도 했지만, 그럴 때면 소녀는 그에게 뛰어와 말했습니다.

「당신은 부자잖아요? 좋은 것 좀 사주세요!」

그러면 또 그는 뭐든 소녀가 원하는 것을 사주었죠. 그런 생활은 2년 동안 계속되었어요.

그러던 어느 날 아침, 어떻게 된 일인지 소녀는 힘없는 작은 새처럼 하늘나라로 날아가 버렸습니다. 황금은 거의 바닥이 드러났지만, 이 남자는 남아 있는 것을 모두 털어 사랑하는 소녀를 위해 화려한 장례식을 치러주었습니다. 은은하게 울려 퍼지는 애도의 종소리, 검은 천으로 덮인 장중한 사륜마차, 깃털 장식을 붙인 말들과 비로드에 가득 박힌 은구슬, 참으로 성대한 장례식이었지만 무엇 하나 그의 눈에 과한 것은 없었죠.

이 지경에 이르러 황금이 다 무슨 소용이겠어요. 그는 남은 황금을 교회에 헌납하고, 관을 매는 인부에게도, 국화를 파는 아낙에게도 아낌없이 뿌렸죠. 장례식이 끝나고 묘지를 나왔을 때에는 그 훌륭한 황금도 머릿속에 겨우 몇 조각밖에 남지 않았습니다. 이윽고 사람들은 그가 양손을 허우적거리며 술에 취해 비틀거리며 멍하니 걸어가는 모습을 보게 되었죠.

그날 저녁, 거리에 네온사인이 켜질 무렵 그는 커다란 진열창 앞에 멈춰 섰어요. 진열대 위에는 온갖 직물들과 장신구들이 화려하게 빛나고 있었습니다. 그는 오랫동안 그 앞에 서서 백조 깃털로 장식한 파란색 비단 구두를 넋을 잃고 바라보았어요.

〈그녀에게 이 구두를 보여주면 틀림없이 기뻐할 거야.〉

그는 혼잣말을 하면서 환하게 웃었습니다. 그리고 소녀가 죽었다는 사실은 까맣게 잊어버린 채 상점 안으로 들어갔지요.

구석에 있던 주인은 누군가가 부르는 소리를 듣고 계산

대로 왔습니다. 보아하니 한 남자가 계산대에 기대어 괴로운 표정으로 서 있는 것이 아닙니까! 주인은 너무 무서워 멈칫했습니다. 남자는 한쪽 손에는 백조 깃털로 장식한 파란색 비단 구두를 들고, 나머지 손은 주인에게 내밀었는데, 피로 물든 그의 손에는 자신의 두개골에서 긁어낸 마지막 황금 부스러기가 있었습니다.

 부인, 이것이 황금 뇌를 가진 남자의 이야기입니다. 믿기 어렵겠지만 이 이야기는 하나에서 열까지 모두 사실이랍니다. 세상에는 이처럼 하찮은 것 때문에 소중한 것을 잃어버리는 불쌍한 사람들이 많습니다. 단지 그 하찮은 존재 때문에 고통받으며 살아가고 있죠. 그러다 결국 그 고통에 지치게 되면 그 끝에는 무엇이 기다리고 있을까요, 부인…….

빅시우의 지갑

10월의 어느 날 아침 파리를 떠나기 며칠 전이었다.

아침식사를 하고 있는데 어떤 노인이 나를 찾아왔다. 남루한 옷차림을 한 그 노인은 흙투성이의 발에 등은 구부정하고, 다리는 털 뽑힌 학처럼 벌벌 떨고 있었다.

그는 빅시우였다. 그렇다. 파리 시민 모두가 알고 있는 빅시우. 15년간이나 풍자와 독설로 많은 사람들의 인기를 독차지했던 유명한 독설가, 존경받는 매력적인 인물, 빅시우였다. 그런데 어쩜 이렇게 비참하게 변할 수가! 가련하기도 해라. 만약 얼굴을 찡그리지 않고 들어왔더라면, 나는 그를 전혀 알아보지 못했을 것이다.

저 유명한 피에로는 머리카락을 어깨 위로 늘어뜨리고 클라리넷처럼 지팡이를 입에 물고 침울한 표정으로 방 한가운데로 걸어왔다. 그리고 쓰러질 듯이 식탁 앞에 주저앉으며 떨리는 목소리로 호소했다.

「가련한 장님에게 자비를…….」

너무나 흉내를 잘 내서 나는 웃음을 참을 수가 없었다. 그러자 그는 아주 정색하며 말했다.

「자네는 지금 내가 장난치고 있다고 생각하는군……. 자

내 눈을 보게나.」 하고 말하더니 흰자위뿐인 커다란 두 눈을 내 쪽으로 돌렸다.

「나는 장님이야. 이보게, 이제 난 평생 앞을 볼 수 없게 됐어…… 황산으로 글씨를 쓰다가 이렇게 됐지. 그놈의 일을 하다 눈 속까지 완전히 데고 말았네.」

그는 속눈썹 자국조차 남아 있지 않은 찌그러진 눈꺼풀을 보여주면서 말했다. 나는 너무나 가슴이 아파서 무슨 말을 해야 좋을지 몰랐다. 내가 잠자코 있자 그는 불안한 모양이었다.

「일을 하고 있었나?」

「아니오, 식사 중이었어요. 좀 드실래요?」

그는 대답하지 않았다. 하지만 실룩거리는 그의 콧구멍을 보니 먹고 싶은 모양이었다. 나는 그의 팔을 잡아 내 옆에 앉게 했다.

식사가 준비되는 동안, 이 가엾은 친구는 식탁에서 풍기는 음식 냄새를 맡으며 히죽히죽 웃고 있었다.

「맛있겠군. 드디어 이런 훌륭한 음식을 먹어보는군. 아침밥 못 먹은 지도 꽤 됐어. 매일 빵 하나로 아침을 때우고 관공서를 뛰어다닌다네. 이제는 관공서를 돌아다니는 게 직업이 되고 말았어. 담뱃가게를 하나 차리려고 해. 어쩌나, 먹고살아야지. 난 이제 그림을 그릴 수가 없어. 글도 쓸 수 없고. 받아쓰게 하면 된다고? 하지만 무엇을? 내 머릿속은 텅 비어 있어. 이제는 글을 한 줄도 못 쓴다네.

내가 하는 일이란, 사람들의 표정을 마음속으로 읽고 그
것을 흉내 내는 거지. 이제는 별도리가 없어. 그래서 담뱃가
게를 생각했지. 물론 큰길가에 차린다는 건 아니야. 내가 뭐
댄서의 어머니도 아니고 장교의 미망인도 아닌데, 그런 특
혜를 받을 자격이나 있겠나. 그저 시골 구석에 작은 가게면
족해. 그때는 튼튼한 은제 파이프를 입에
물고 에르크망−샤토리앙의 작품 속에
나오는 한스라든가 제베데 같은 이름을
붙일 거야. 그리고 현역 작가들의 작품
으로 담뱃갑을 만들어 아무것도 쓸 수

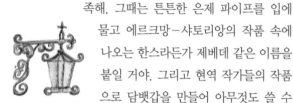

없는 마음을 위로해야지.

내가 바라는 건 단지 이것뿐이라네. 뭐, 그리 대단한 건
아니지. 그런데 이게 쉽지가 않아. 나에게도 후원자가 있을
법한데⋯⋯. 이래 봐도 왕년엔 꽤 이름을 날렸지 않나. 왕
족들이나 장관들, 장군들의 저택에서도 식사 초대를 받았었
지. 그들이 나를 불렀던 것은 내가 그들을 즐겁게 해주었거
나, 아니면 나를 두려워했기 때문이지.

하지만 지금 나는 누구도 두려움에 떨게 할 수가 없다네.
아아, 이 눈! 이 애처로운 눈! 나는 이제 어느 곳에서도 불러
주지 않는다고. 식탁 위에서 장님 얼굴은 보기 싫다는 게지.

저기 빵 좀 집어주게나⋯⋯. 에이, 제기랄! 담뱃가게 하나
차리는데 꽤나 등골 빠지게 하네. 벌써 6개월 전부터 청원
서를 들고, 닥치는 대로 관공서를 돌아다니고 있어. 아침에

직원들이 난로에 불을 지필 무렵 그곳에 도착해서, 광장의 모래 위에서 각하의 말을 한 바퀴 돌리고, 밤이 되어 커다란 램프에 불이 들어오고 식당에서 맛있는 음식 냄새를 풍길 때쯤 되어서야 돌아온다네.

나는 대기실의 나무상자 위에서 살다시피 하고 있네. 그래서 수위들은 나를 잘 알지. 내무부 사람들은 나를 가리켜 사람 좋은 아저씨라고 부른다네. 나는 혹 그들의 도움이라도 받을 수 있을까 해서 재미있는 이야기를 들려주기도 하고, 압지의 한 귀퉁이에 수염 달린 얼간이 얼굴을 그려 그들을 웃기기도 한다네. 20년의 화려한 성공의 결말이 겨우 이런 꼴이라니……

이것이 바로 예술가의 말로지. 그런데도 프랑스에는 이런 예술가를 부러워하는 풋내기들이 수천 명이나 된다지? 매일 아침 각 지방에서는 문학과 필명에 굶주린 바보들을 무더기로 실어 나르는 기관차에 불을 지피고 있지. 흥! 한심한 촌놈들. 이 빅시우의 비참한 꼴이 교훈이라도 될 수 있다면 좋으련만.」

이렇게 말한 후 그는 접시에 코를 박고 정신없이 음식을 먹어댔다. 단 한 마디의 말도 없었다. 그야말로 비참한 꼴이었다. 끊임없이 빵이나 포크를 찾아 허둥대는가 하면 컵을 찾기 위해 식탁 위를 더듬거렸다. 불쌍하게도 아직 익숙하지 않은 모양이었다.

얼마 후 그는 다시 입을 열었다.

「나한테 더 끔찍한 일이 있는데, 알고 있나? 바로 신문을 읽을 수 없다는 거라네. 신문기자가 아니라면 이 기분을 이해할 수 없지. 저녁때 집으로 돌아오는 길에 종종 신문을 사지. 새로운 기사와 신문 특유의 냄새라도 맡기 위해서. 하지만 읽어주는 사람이 아무도 없어. 마누라가 읽어주면 좋으련만 고개를 젓는다네. 3면 기사에 점잖치 못한 사건들이 실려 있기 때문이라나. 내 정부였던 이 여자는 결혼하자마자 다른 여자들보다 더 정숙한 척을 하는데 차마 눈뜨고 못 봐주겠어. 적어도 빅시우 부인이 된 이상 완벽한 신자가 되지 않으면 안 된다고 생각하는 모양이야. 그것도 아주 극단적으로 말이지.

이 마누라가 글쎄, 사렛트 산의 성수를 떠다 내 눈을 씻어 주려고까지 했다고. 게다가 고아원이나 가난한 사람들을 돕는다고 기부금도 내고, 그 외에도 베푼 선행은 끝이 없어. 나에게 신문을 읽어주는 것도 선행 중 하나일 텐데 싫다는 거야. 딸아이라도 집에 있었다면 신문을 읽어줬을 텐데. 내가 장님이 된 후에 입 하나라도 덜어보려고 노틀담 드 자르로 보내버렸지.

그런데 그 녀석도 아주 기가 막힌 놈이야! 태어난 지 겨우 9년 남짓됐을 때 이미 병이란 병은 모두 앓았지. 성격도 어둡고, 세상에 나보다 더 못생겼다니까. 어쩔 수 없어. 나는 풍자화밖에 그릴 줄 아는 게 없으니까.

아니, 내가 지금 무슨 말을 하고 있는 거지? 집안 이야기를 다 하다니. 자네에게 이런 말을 한다고 뭐 뾰족한 수가 나오겠나. 자, 그 술이나 좀더 따라주게. 이젠 기운을 차려야지. 여기를 나서면 문교부에 갈 생각이네. 그곳 창구 직원의 비위를 맞추는 건 여간 쉽지가 않아. 모두 전직 선생 출신들이라서……」

나는 그에게 브랜디를 따라주었다. 그는 기분 좋은 듯이 홀짝홀짝 마시기 시작했다. 그러다 갑자기 무슨 환상에 사로잡힌 것처럼 술잔을 들고 자리에서 일어나더니, 잠시 동안 눈먼 독사처럼 머리를 좌우로 흔들며 점잖은 신사가 연설하듯이 부드러운 미소를 지었다. 그리고는 마치 수백명의 관중들 앞이라도 되는 것처럼 낭랑한 목소리로 외쳤다.

「예술을 위하여! 문학을 위하여! 신문을 위하여!」

그는 이렇게 축배를 들고는 10분간 즉흥 연설을 했다. 이렇게 시작된 장황한 연설은 이 피에로의 머리에서 나온 것 중 가장 어이없고 기발한 연설이었다.

〈186×년의 문단가도〉라는 제목의 연말 발행잡지를 상상해 보시길. 소위 문학적이라 칭하는 집단들, 문단 풍문록, 문사들의 논쟁, 여러 가지 우스꽝스런 이야기들, 엉터리 작품들의 집합체……. 서로 목을 비틀고, 창자를 드러내고, 남의 것을 빼앗고, 게다가 다른 곳보다도 더 이해타산을 따지

85

는데도 불구하고 굶주리는 자가 그 어느 곳보다도 많은 지옥과도 같은 곳. 이 모든 비겁한 행위와 온갖 궁상을 떠는 모습을 상상해 보라.

또 푸른색 연미복 차림에 주발을 들고 구걸을 나간 톰보라의 남작 이야기. 그 해에 죽은 문인들, 본인의 위업을 늘어놓는 장례식, 자신의 장례비조차 마련해 놓지 못한 불쌍한 인간들에게 바쳐지는 한결같은 추도사, 자살한 문인, 미치광이가 된 문인, 이런 여러 가지 일들이 흉내 내기의 천재인 한 익살꾼의 입에 오르내리며 손짓과 발짓으로 함께 상세하게 열거되는 것을 상상해 보시길.

그러면 여러분은 빅시우의 즉흥 연설이 어떠한 것이었는가를 충분히 짐작할 수 있을 것이다.

연설이 끝나고 잔이 비워지자 그는 나에게 시간을 묻더니 나가버렸다. 마치 화난 사람처럼 잘 있으라는 인사도 없이 유유히 사라졌다. 나는 뒤루이 씨의 수행원이 그날 아침에 찾아간 빅시우를 어떻게 대했는지는 알 수 없었다. 그러나 그 처참한 장님이 떠난 후, 그렇게 좋지 않은 기분이 들기는 내 평생 처음이었다. 잉크병만 봐도 불쾌감이 일고, 펜만 보아도 몸서리가 쳐졌다.

나는 먼 곳으로 떠나 숲을 거닐며 상쾌한 기분을 만끽하고 싶었다. 아아, 이렇게 불쾌할 수가! 이렇게 씁쓸할 수가! 도처에 침을 내뱉고, 모든 것을 더럽힐 필요가 어디 있나!

정말로 불쾌한 사람이었다.

나는 화를 참을 수 없어 방안을 돌아다녔다. 그가 냉소적인 어조로 내뱉은 자기 딸에 대한 이야기가 끊임없이 귓가를 맴도는 듯했다.

그때 갑자기 그가 걸터앉았던 의자 옆, 발 아래에 뭔가 굴러다니는 듯한 느낌이 들었다. 허리를 굽혀 자세히 살펴보니 그의 지갑이었다. 검은 손때가 묻은 지갑은 모서리가 많이 낡아 있었다. 그는 이 지갑을 결코 손에서 떼는 일이 없었는데 사람들은 우스갯소리로 독주머니라는 이름까지 붙였다. 이 지갑은 친구들 사이에서 지라르단 씨의 유명한 종이 가방만큼이나 잘 알려진 물건이었다. 아마 그 속에는 무서운 물건이 들어 있을 거라는 소문도 있었다.

그런데 드디어 안을 확인해 볼 절호의 기회가 온 것이다. 빵빵하게 부풀어 있던 낡은 지갑은 밑으로 떨어지면서 안에 들어 있던 것들이 모두 카펫 위에 흩어졌다. 나는 그것들을 하나하나 주워 모았다.

꽃무늬 편지지 위에 쓰여진 한 묶음의 편지는 모두, 〈그리운 아버님.〉으로 시작하여, 마지막에 〈마리아 회원, 셀린느 빅시우.〉라고 서명되어 있었다. 그리고 소아병에 관한 오래된 처방전이 있었는데 디프테리아, 경련, 홍역 등이 적혀 있었다. 불쌍하게도 그의 딸은 끝까지 병마에서 벗어날 수 없었던 모양이다.

마지막으로 봉투가 하나 있었는데 꼬불거리는 노란 머리카락 두세 가닥이 삐져 나와 있었다. 봉투 위에는 빅시우의 떨리는 글씨체로 이렇게 적혀 있었다.

〈셀린느의 머리카락, 5월 13일에 자름, 수도원에 들어간 날.〉

빅시우의 낡은 지갑 안에 들어 있었던 것은 이것이 전부였다.

상기네르 등대

지난 밤에는 도저히 잠을 이룰 수가 없었다.

미친 듯이 휘몰아치는 북풍 소리에 뜬눈으로 밤을 지새야만 했다. 풍찻간의 부러진 날개는 거센 북풍에 돛대처럼 소리를 내며 무겁게 돌아갔고, 이윽고 풍차 전체가 삐걱거렸다. 지붕의 기와는 조각조각 날아가 버렸고, 멀리 언덕을 덮은 소나무 숲은 어둠 속에서 윙윙거리고 있었다. 마치 넓은 바다 한가운데에 있는 듯했다.

그때 문득 3년 전의 일이 뇌리를 스치고 지나갔다. 코르시카 연안 아자크시오 만 입구에 있는 상기네르 등대에서 잠을 설치며 지샜던 밤이 생생하게 기억났다. 그곳 역시 나 홀로 꿈을 꾸며 호젓하게 지내기 위해 찾아낸 기분 좋은 공간이었다.

상상해 보라. 붉은 빛을 띤 삭막한 섬의 모습을. 한쪽 구석에는 등대, 다른 쪽에는 제노바풍의 오래된 탑이 하나 서 있는데, 내가 머물고 있었을 때에는 거기에 독수리 한 마리가 살고 있었다. 아래쪽 해변에는 폐허가 되어 온통 잡초로 뒤덮인 격리소가 있었다. 또한 빗줄기에 움푹 패인 작은 구덩이, 밀림, 커다란 암석, 야생 염소, 그리고 바람에 갈기를 나부끼며 뛰어다니는 코르시카 조랑말들도 있었다.

그리고 멀리 높은 곳, 바닷새가 뒤엉켜 날아다니는 섬 꼭대기엔 등대지기의 집이 있었다. 그 안에는 등대지기들이 자유롭게 돌아다닐 수 있는 하얀 돌로 만든 테라스와 아치형의 파란 대문과 주철로 만든 작은 탑도 있었는데, 그 위에는 태양 빛에 반사되어 낮에도 빛을 발하는 조각 유리의 큰 램프도 있었다.

이것이 지난 밤 내가 소나무 숲의 윙윙거리는 소리를 들으며 머릿속으로 그려본 상기네르 섬의 풍경이다. 풍찻간을 손에 넣기 전 외로움을 느낄 때면 가끔 틀어박혀 있곤 했던 곳이 바로 이 아름다운 섬이었다.

그곳에서 나는 무엇을 했을까?

그곳은 이곳에서의 생활과 별반 다를 것이 없었다. 오히려 더 한가했다. 바람이 거세지 않을 때에는 파도에 부딪치는 바위틈에 앉아 갈매기와 물새, 제비 등을 벗삼아 하루를 보냈다. 그곳에서 바다를 바라보고 있노라면 나른한 감미로움에 젖어 기분이 좋아졌다.

아마 여러분도 그 영혼의 아름다운 취기에 대해 잘 알 것이다. 생각하는 것도 아니고 꿈을 꾸는 것도 아닌, 몸도 마음도 완전히 벗어나 하늘 높이 날아오르는 듯한 기분 말이다. 마치 내 몸은 물 속으로 잠수하는 갈매기나, 햇빛을 받으며 두 갈래의 파도 사이에서 떠도는 물거품, 아니면 멀어져 가는 저 연락선의 하얀 연기, 빨간 돛을 단 배, 진주알 같은 물방울, 때론 흩어져 있는 안개가 되어 흘러간다. 그 모든 것들이 바로 내 자신이 되는 것이다. 아아, 얼마나 오랜 시간 동안 이 섬에서 나를 잊어버리는 황홀한 순간을 맛보았던가.

바람이 휘몰아치는 날에는 해변에 있을 수 없어, 격리소의 뜰 안에 틀어박혀 있었다. 로즈마리와 들쑥 향기가 가득한 작고 한적한 뜰이었다. 나는 이곳의 낡은 벽에 기대어 앉아, 조용히 몸을 덮쳐오는 고독과 비애의 은은한 향기 속에 몸을 맡겼다. 그 향기는 고대의 묘지처럼 입을 크게 벌린 석조 오두막 속에서 햇빛과 함께 떠돌고 있었다.

이따금 문 두드리는 소리가 들리고 풀숲에서 뭔가 가볍게 뛰노는 소리가 들리기도 했다. 그것은 바람을 피해 풀을 뜯으러 온 야생 염소였다. 염소는 나를 보자 놀라 멈춰 섰다. 활기찬 모습을 한 뿔이 긴 염소는 그 뿔을 높이 세우고 순진무구한 눈으로 나를 쳐다보았다.

오후 5시가 되자, 등대지기들은 메가폰으로 저녁을 먹으라고 나를 불렀다. 나는 곧 바다 위에 비탈진 무성한 숲속 오솔길을 따라 올라갔다. 올라갈수록 점점 커지는 물과 빛의 무한한 수평선을 한 발짝씩 뛸 때마다 뒤돌아보며 천천히 등대 쪽으로 돌아오곤 했다.

언덕 위는 아름다웠다. 바닥에는 커다란 돌을 깔고 떡갈나무 판자를 댄 근사한 식당, 그 가운데에는 김이 모락모락

나는 생선 조림이 놓여 있었고, 하얀 테라스를 향해 크게 열린 문, 그리고 그 문으로 가득 쏟아져 들어오는 저녁 노을…… 지금도 눈앞에 선명히 펼쳐진다.

등대지기들은 식탁에 둘러앉아 나를 기다리고 있었다. 세 명 중 한 사람은 마르세이유, 두 사람은 코르시카 출신 남자였다. 세 사람은 모두 작은 체구에다 햇빛에 검게 그을린 얼굴로, 덥수룩한 수염과 염소 털로 만든 외투를 입고 있었다. 하지만 행동이나 기질은 정반대였다.

그들의 생활상을 보면 이 두 지역 사람의 차이를 알 수가 있었다. 마르세이유 남자는 솜씨가 좋고 활발하며, 항상 바쁘게 움직였다. 그는 아침부터 저녁까지 섬을 뛰어다니며, 낚시를 하거나 구아이유의 알을 모으거나 숲속에 숨어 있다가 지나가는 염소를 잡아 젖을 짜는 등 쉴새없이 돌아다녔다. 그래서 항상 그의 식탁에는 아이올리 요리나 브이야베스 요리가 준비되어 있었다.

하지만 코르시카 남자들은 근무 외에는 절대로 일을 하지 않는데, 자신들이 관리라도 되는 양, 하루 종일 부엌에서 스코파 게임에 시간 가는 줄을 몰랐다. 스코파 게임을 하지 않을 때라고는 거만한 태도로 파이프에 불을 붙일 때나, 가위를 들고 커다란 녹색 담뱃잎을 손바닥 모양으로 자를 때뿐이었다.

그러나 이들 세 사람은 모두 단순하고 소박하며 사람이 좋아, 손님들에게 아주 친절했다. 사실 그들에겐 내가 상당

히 특이한 사람으로 보였을 텐데도 말이다.

생각해 보라. 단지 평안을 찾고자 등대에 틀어박혀 있다니……. 등대지기라면 하루가 십 년 같고, 어쩌다 육지로 올라갈 때의 그 기쁨이란 얼마나 큰 것인지를. 날씨가 좋아 쾌청한 날이 지속되는 계절에는 이 커다란 기쁨이 매달 돌아온다. 30일 동안의 등대 생활, 10일간의 육지 생활, 이것은 거의 규칙적이었다. 그러나 추운 겨울이나 바람이 세차고 파도가 거친 날에는 규칙이고 뭐고 없었다. 거센 바람과 성난 파도가 상기네르 섬들을 하얀 거품으로 뒤덮으면 등대지기는 2, 3개월 동안 계속해서, 때때로 무시무시한 날들을 참으면서 내내 틀어박혀 있어야 했다.

어느 날 밤, 모두 모여 식사를 하는데 바르토리 영감이 이런 이야기를 들려주었다.

「5년 전 내가 경험한 일이에요. 이렇게 모두 모여 있는 식탁에서 있었던 일입니다. 바로 오늘 같은 겨울밤이었죠. 그날 등대에는 나와 체코라는 친구 단 둘뿐이었죠. 다른 친구들은 모두 병에 걸리거나, 휴가를 받아서 육지에 나가 있었어요. 조용히 저녁식사를 하고 있을 때였어요. 갑자기 이 친구가 식사를 하다 말고 잠시 동안 묘한 눈빛으로 나를 바라보더니 팔을 앞으로 뻗은 채, 식탁 위에 엎어지지 않겠어요. 나는 황급히 일어나 그를 흔들었죠.

〈이보게 체코! 어이, 체코!〉

하지만 대답이 없었죠. 이미 숨을 거둔 상태였어요. 얼마나 혼비백산했는지 알 만하죠? 나는 한 시간 정도 시체를 앞에 두고 겁에 질려 떨고만 있었죠. 그러다가 문득 등대의 불이 생각났습니다. 그리고 곧 램프실로 올라가 불을 켰죠.

날은 이미 어두워진 후였어요. 참으로 끔찍한 밤이었죠. 파도소리도, 바람소리도 이미 심상치 않았어요. 누군가가 계단에서 끊임없이 나를 부르고 있는 것만 같았죠. 게다가 열도 나고, 목은 타들어가는 것만 같고. 하지만 내려가고 싶어도 갈 수가 있어야지요. 시체가 너무나 무서웠어요. 그래도 새벽녘에는 조금 용기가 생기더군요. 나는 죽은 친구를 침대로 끌고 가 이불을 뒤집어 씌우고 잠깐 기도를 올린 다음, 곧 비상 신호를 보냈죠. 안타깝게도 바다는 더욱 거칠어져서 아무리 신호를 보내도 도와주는 사람이 한 사람도 없었어요. 이렇게 나는 불쌍한 친구 체코와 함께 등대 안에 남아 있었죠. 정말 끔찍했어요.

배가 올 때까지만이라도 그 친구를 곁에 둘 수 있었으면 했지만 삼 일째가 되자 더 이상은 어쩔 수가 없더군요. 〈어떻게 할까? 밖으로 옮길까? 아니면 매장을 할까?〉 하고 고민을 했죠. 하지만 섬에는 까마귀가 수없이 날아다니고 바위는 너무나 딱딱했어요. 죽은 친구를 까마귀 먹이로 만드는 일은 차마 못하겠더군요. 그래서 격리소의 방으로 옮기기로 했죠. 이 슬프고도 괴로운 일은 오후 내내 걸렸죠. 게다가 대단한 담력이 필요했어요. 지금도 바람이 세게 부는 오후에 그쪽에 내려가면 아직도 어깨 위에 시체를 메고 있는 듯한 느낌이 든다구요.」

불쌍한 바르토리 영감! 그는 생각만으로도 이마에 식은 땀을 흘리고 있었다.

그 긴 이야기는 식사 중에도 계속되었다. 등대 이야기, 바다 이야기, 난파선 이야기, 코르시카의 산적 이야기……

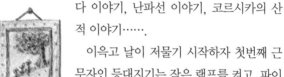

이윽고 날이 저물기 시작하자 첫번째 근무자인 등대지기는 작은 램프를 켜고, 파이프 담배와 술병, 그리고 상기네르 섬의 유일한 책인 빨간 테두리로 된 〈플루타르크 영웅전〉을 들고 방에서 모습을 감추었다. 곧 쇠사슬과 활차, 커다란 시계추를 감아 올리는 소리가 등대 안에 울려 퍼졌다.

그동안 나는 테라스에 나가 앉아 있었다. 이미 기울어진 태양은 수평선과 함께 점점 빠른 속도로 보랏빛으로 물들어가고 있었다. 테라스 가까이로 한 마리 커다란 새가 둔탁한 소리로 날갯짓하며 지나갔다. 둥지가 있는 제노바식 탑으로 돌아가는 독수리였다.

바다에 안개가 자욱히 피어올랐다. 이윽고 섬 주위에 파도의 하얀 물거품밖에는 아무것도 보이지 않았다. 머리 위로는 온화한 빛의 큰 파도가 솟구치기 시작했다. 등대에 불이 켜진 것이었다. 밝은 광선은 섬 전체를 어둠 속에 남겨두고 멀리 앞바다까지 퍼져나갔다. 나를 스치고 지나가는 커다란 빛의 물결을 보며 나는 밤의 암흑 속에 싸여 있었다.

바람은 점점 더 차가워졌다. 나는 안으로 들어갔다. 그리고 손으로 더듬거리며 커다란 문을 잠그고 쇠빗장을 지른 다음, 발 아래에 울리는 주철의 작은 계단을 올라갔다. 발 밑에서는 연신 계단이 흔들리며 삐걱거리는 소리가 났다. 마침내 등대 꼭대기에 다다르자 그곳이야말로 광명에 차 있었다.

상상해 보라! 여섯 줄의 심지가 있는 거대한 카르셀 램프를……. 그 주위를 서서히 돌고 있는 벽은 어떤 곳엔 큰 수정 렌즈가 끼워져 있고, 어떤 곳은 불꽃이 바람에 닿지 않게 하기 위해서 고정된 유리벽을 향해 열려 있기도 했다. 방으로 들어가 보니 더욱 눈이 부셨다. 구리와 주석, 합금의 반사기, 푸른 빛의 원을 그리며 돌아가는 렌즈의 벽, 그리고 번쩍거리는 반사광과 심지 타는 소리에 현기증이 느껴질 정도였다.

시간이 지나자 눈은 점점 빛에 익숙해져 갔다. 나는 잠을 쫓기 위해 빛의 바로 아래까지 가서, 소리 높여 〈플루타르크 영웅전〉을 읽고 있는 등대지기 옆에 앉았다.

밖은 암흑과 심연, 유리벽 주위를 둘러싼 작은 테라스에는 바람이 미친 듯이 울부짖고 있었다. 등대는 삐걱거렸고, 바다는 성을 내고 있었다. 섬 끝의 암초에 부딪친 파도는 거대한 소리로 울려 퍼졌다. 때때로 보이지 않는 손가락이 유리창을 두드렸다. 그것은 빛에 이끌려와 유리에 머리를 부딪치는 밤새였다. 환하게 빛나는 뜨거운 등불 속에는 심지 타는 소리와 똑똑 기름 떨어지는 소리, 풀어지는 사슬의 울림, 그리고 데메트리우스 드 파레르(그리스의 역사학자)의 일생을 노래하는 단조로운 음성만이 들릴 뿐이었다.

12시가 되자 등대지기는 자리에서 일어나, 마지막으로 등불의 심지를 살펴보았다. 우리는 계단을 내려가다가, 눈을 비비면서 올라오는 두 번째 근무자와 마주쳤다.

우리는 그에게 물병과 〈플루타르크 영웅전〉을 건네주었다. 침대에 눕기 전에 등대지기는 잠시 사슬이나 추, 주석을 넣는 용기와 밧줄이 가득 찬 구석방에 들어갔다. 그리고 들고 온 작은 등불 아래 펼쳐져 있는 등대 일지에 그날의 일을 기록했다.

〈오전 0시. 파도 높음. 폭풍. 앞바다에 배가 보임.〉

시인 미스트랄

지난 일요일 잠자리에서 일어났을 때 나는 내가 포브르 몽마르트르 거리에 있는 것으로 착각했다.

하늘은 잿빛으로 잔뜩 찌푸려 있었고, 풍찻간은 쓸쓸해 보였다. 이렇게 비가 내리는 날에는 혼자 지내는 것이 무척 쓸쓸했다. 그래서 문득 머리에 떠오른 사람이 프레데릭 미스트랄이었다. 그의 집에 가서 기분 전환을 좀 하고 싶었다. 그 위대한 시인 미스트랄은 소나무 숲에서 조금 떨어진 마이얀느라는 한적한 마을에 살고 있었다.

쇠뿔도 단김에 빼랬다고 바로 외투를 걸 치고 미루토의 두꺼운 지팡이와 몽테뉴 한 권을 끼고 길을 나섰다. 밭에는 사람의 그림자라곤 찾아볼 수가 없었다. 신앙심 깊은 선량한 가톨릭 신자들이 사는 마 을인 프로방스에서는 주일엔 모두들 일을 하지 않았다. 농 가들은 모두 문이 닫혀 있었고 개들만 집을 지키고 있었다.

이따금 길 여기저기에는 물 떨어지는 덮개 씌운 큰 짐수 레나 나뭇잎색 망토를 머리에 뒤집어 쓴 노파가 지나가거 나, 청백색 스파르트 직물의 안장에 빨간 리본과 은종으로 잔뜩 치장을 한 농가의 선남선녀들을 가득 실은 마차가 빠 른 걸음으로 지나가는 것을 볼 수 있었다. 또한 미사를 위해 성당으로 향하는 노새와 멀리 안개 너머 운하에 떠 있는 고깃배, 그 위에서 어망을 던지는 어부들의 모습도 가끔 눈에 띄었다.

그날은 길을 가면서 책을 읽을 수가 없었다. 비는 폭포수처럼 쏟아졌고, 세찬 북풍은 양동이로 쏟아 붓듯이 얼굴을 때리며 지나갔다.

나는 숨도 쉬지 않고 계속 걸었다. 그리고 세 시간 후, 드디어 눈앞에 작은 삼나무 숲이 보였다. 숲 가운데에 마이얀느 마을이 바람을 피해 몸을 움츠리고 있었다.

길에는 고양이 한 마리 없었다. 마을 사람들은 모두 미사를 보러 성당에 가 있었다. 내가 성당 앞을 지날 때는 세르팡 나팔이 울렸고 유리창 너머로는 큰 촛불이 빛나고 있었다.

미스트랄의 집은 마을 끝에 있었다. 성 루미 거리를 따라 왼쪽 마지막 집, 앞마당이 있는 작은 이층집이었다. 나는 조심스럽게 안으로 들어갔다.

안에는 아무도 없었다. 응접실 문은 잠겨 있었지만 문 저편에서 누군가 왔다갔다하며 소리 높여 뭔가를 낭독하고 있는 소리가 들려왔다. 발소리며, 목소리며, 모두가 귀에 익은 소리였다. 나는 설레는 마음으로 석회를 칠한 좁은 복도에서 문의 손잡이를 잡은 채 잠시 멈춰 섰다. 흥분이 되어 가슴이 두근거렸다.

〈그가 저기에 있다…….〉

미스트랄은 시를 쓰고 있었다.

〈한 구절이 끝날 때까지 기다려야 하나? 그래, 어쩔 수 없다. 그냥 들어가자.〉

아아, 파리의 친구들이여! 그대들은 마이얀느의 시인이 사랑스러운 미레이유에게 파리 구경을 시켜주려고 양복을 빼입은 시골뜨기처럼 깃을 세우고, 그 떠들썩한 명성에 걸맞은 커다란 모자를 쓴 모습으로 살롱에 모인 여러분 앞에 나타났을 때, 〈이 사람이 미스트랄이다.〉 하고 생각했겠지만 그것은 참다운 미스트랄의 모습이 아니다.

세상에서 미스트랄은 오직 한 사람, 지난 일요일에 내가 그의 집으로 갑자기 찾아갔을 때 본 그 모습이 미스트랄의 참모습이었다. 그는 펠트 모자를 귀까지 눌러쓰고, 조끼 없는 재킷 차림에 허리에는 빨간 카탈로니아 허리띠를 하고 있었다. 눈빛은 빛나고 양 볼은 달아올라 있었으며, 그리스 목자처럼 우아한 미소를 짓고 있었다.

그는 양손을 주머니에 찌른 채 뚜벅뚜벅 걸어다니며 시를 쓰고 있었던 것이다.

「야아! 자네가 웬일인가?」

미스트랄은 나를 얼싸안으며 반겼다.

「정말 잘 왔어! 마침 오늘은 마이얀느의 축제라네. 아비뇽에서 온 음악대의 연주, 투우, 퍼레이드, 파랑도르 춤, 그야말로 볼거리가 아주 많을 거야. 어머니도 곧 미사에서 돌아오실 걸세. 함께 점심 먹고 나가지, 예쁜 아가씨들의 춤을 보러가자고.」

그가 이야기하고 있는 동안에 나는 밝은색 벽걸이가 걸려 있는 작은 응접실에 매료 되어 이곳저곳을 둘러보았다. 이곳에 와본 지도 꽤 오래된 것 같았다. 그때 나는 아주 즐거운 시간을 보내고 있었다. 한동안 연락이 끊어져 오랫동안 만나지 못했는데 조금도 변한 것이 없었다. 모든 것이 옛날 그대로였다.

큰 줄무늬의 길다란 노란 소파, 짚으로 엮은 팔걸이 의자, 벽난로 선반 위에 놓인 팔 없는 비너스상과 아를르의 비너스상, 에베르가 그린 시인의 초상, 에티엔느 카르자가 찍은 그의 사진, 그리고 방 한구석 창문 가까이에 있는 손때 묻은 고서와 사전들이 산더미처럼 쌓여 있었다.

또 초라해 보이는 작은 책상이 하나 놓여 있었는데, 이 책상 한가운데에는 두꺼운 노트 한 권이 펼쳐져 있었다. 이것은 프레데릭 미스트랄의 신작 〈카란다르〉로, 금년 말 크리스마스 때 출간될 예정이다. 미스트랄은 이 한 편을 위해 7년 전부터 심혈을 기울여왔다. 마지막 행이 완성된 지 거의 6개월이 지났지만 아직도 손을 떼지 못하고 있었다. 물론 작품을 다듬고 또 다듬기 위해서다. 아름다운 시를 쓰는 그의 노력은 계속되고 있었다.

미스트랄은 프로방스어로 시를 쓴다. 게다가 시작에 몰두하는 그의 모습이란, 마치 만인이 그것을 원어로 낭독하

고, 끊임없는 장인의 노력을 당연히 이해할 거라고 굳게 믿고 있는 것 같았다. 위대한 시인, 몽테뉴는 이런 말을 했는데 아마도 미스트랄을 두고 한 말이 아닌가 싶다.

「〈세상이 알아주지도 않는 예술에 왜 그렇게 고심하고 몰두하나.〉하고 물으면, 나의 예술을 이해하는 사람이 단 한 사람이라도 있으면 그것으로 충분하다. 아니, 한 사람도 없다 해도 나는 원망하지 않는다.」

나는 〈카란다르〉를 손에 들고, 감격스럽게 페이지를 넘겼다. 그때 갑자기 피리 소리와 북 치는 소리가 창 밖에서 들려왔다. 그러자 미스트랄은 찬장에서 술과 잔을 꺼내고, 테이블을 응접실 가운데로 끌어다 놓고는 악사들에게 문을 열어주며 나에게 말했다.

「웃으면 안 되네. 나를 위해 오바드를 연주해 주러 온 사람들이야. 나는 마을 의회 의원이거든.」

좁은 방은 금방 사람들로 가득 찼다. 그들은 북을 의자 위에 올려놓고, 낡은 깃발을 한쪽 구석에 세워놓은 다음 포도주잔을 돌렸다. 이윽고 미스트랄의 건강을 비는 축배로 몇 병의 포도주가 비어지고, 무도회는 작년만큼 성대할지, 투우는 잘 진행될지 하는 축제 이야기가 한차례 떠들썩하게 끝나자, 악사들은 악기를 챙겨서 다른 의원 집으로 연주하러 갔다.

그때 미스트랄의 어머니가 돌아왔다. 하얀 테이블 위에

는 두 사람분의 식기가 놓여졌다. 그리고 눈 깜짝할 사이에 식탁에 음식이 차려졌다. 나는 이 집의 관습에 대해 잘 알고 있었다. 그의 어머니는 미스트랄의 손님이 오면 식사를 같이 하지 않았다. 사랑스러운 이 노부인은 프로방스어밖에 할 줄 몰랐고, 표준어를 구사하는 사람들과 이야기하는 것이 불편한 모양이었다. 또 한편으로는 부엌에 할 일이 남아 있기도 했다.

아아, 그날 아침식사는 정말 근사 했다. 어린 염소구이, 산에서 만든 치즈, 포도액이 들어간 잼, 무화과, 뮤스카 포도, 그리고 이 진수성찬을 더욱 빛내주었던 술은 법왕들이 마시는 술로, 투명한 잔 속에 장밋빛이 은은하게 비치는 샤토네프였다.

식사를 마치고 난 후에 나는 〈카란다르〉를 들고 미스트랄 앞으로 갔다.

「약속이 있어서 나가봐야 돼.」

미스트랄은 미소를 지으며 말했다.

「안 돼! 카란다르! 카란다르를 들어야지!」

미스트랄은 어쩔 수 없다는 듯이 한 손으로 시에 박자를 넣으면서 부드러운 선율의 온화한 목소리로 시를 낭송하기 시작했다.

사랑에 빠진 아가씨의
슬픈 사연을 이야기했으니
나는 노래하리라.
신이 원한다면
카시스의 아들,
저 가련한 어린 고기잡이를.

밖에는 저녁기도를 알리는 종이 울렸다. 광장에는 불꽃
이 솟아올랐고, 피리 소리는 북소리와 어울려 거리를 오갔
다. 경기장으로 끌려가는 카마르그의 투우들은 신음하고 있
었다. 나는 테이블 위에 턱을 괴고 앉아, 눈시울을 적시며
프로방스의 어린 고기잡이 이야기에 열중하고 있었다.

카란다르는 일개 어부에 지나지 않았다. 사랑의 불길이
그를 영웅으로 만들어낸 것이다. 사랑하는 여인 에스테렐의
마음을 얻기 위해서 그는 수많은 기적을 일으켰다. 헤라클
레스의 열두 가지 기적도 그 앞에서는 상대가 되지 않았다.

그는 부자가 되겠다고 결심하고는 기발한 어로 기구를
발명하여 바다에 있는 고기를 모조리 잡아오기도 했다. 또
어떤 때는 오리우르 골짜기의 흉악한 강도 세베란을 그 소
굴의 부하와 첩이 있는 한가운데에 던져버렸다. 이 얼마나
용맹한 젊은이인가! 장한 우리의 카란다르!

어느 날 그는 생트 봄므에서 무리를 이끌고 가는 두 목수

를 만났다. 그들은 솔로몬의 전당을 지었던 프로방스의 명장인 자크 선생의 묘지에서 두 팔을 휘두르며 승패를 겨루기 위해 달려온 사람들이었다. 카란다르는 유혈 속에 몸을 던졌다. 그리고 조용히 그들을 설득하고 서로 화해시켰다. 그는 신만이 할 수 있는 일들을 얼마나 많이 해치웠던가!

옛날 그 높은 뤼르 바위산에 사람의 발길이 닿지 않는 삼나무 숲이 있었다. 지금까지 어떤 나무꾼도 감히 올라갈 생각을 못했는데 카란다르는 이곳에 올라갔다. 그는 혼자서 30일 동안이나 그곳에 머물렀다. 30일 동안 거대한 나무 기둥에 박혀 들어가는 도끼 소리가 끊임없이 하늘을 찔렀다.

숲은 비명을 질렀다. 한 그루 또 한 그루, 오래된 거목은 쓰러졌고, 깊은 계곡 밑으로 굴러 떨어졌다. 결국 카란다르가 산에서 내려왔을 때, 그 산에는 한 그루의 삼나무도 남지 않았다.

그의 노력은 헛되지 않았고, 그 보답으로 일개 고기잡이였던 카란다르는 에스테렐의 사랑을 얻었고 카시스 사람들에 의해 영사로 임명되기까지 했다.

이것이 바로 카란다르의 이야기이다. 그러나 카란다르란 원래 무엇일까. 무엇보다도 시의 토대를 이루고 있는 것은 프로방스다. 역사, 풍습, 전설, 풍광을 지닌 채 멸망을 눈앞에 두고 위대한 시인을 발견한, 질박한 자유를 지닌 바다의 프로방스, 산의 프로방스이다. 자, 이제는 철도를 깔고 전신주를 세워도 된다. 학교에서 프로방스어를 추방해도 좋다. 프로방스는 미레이유와 카란다르 속에 영원히 살아 있을 것이다.

「시는 이제 그만! 축제나 보러가자구.」
미스트랄은 노트를 덮으면서 말했다.

우리는 함께 밖으로 나갔다. 마을 사람들은 모두 거리로 나와 있었다. 한차례 강한 북풍이 몰아치고 곧 먹구름이 거둬지자 하늘은 비에 젖은 빨간 지붕 위에서 밝게 빛나고 있었다.

우리가 도착했을 때는 마침 퍼레이드가 돌아오는 시간이었다. 한 시간에 걸친 긴 행진이었다. 청색, 흰색, 회색 옷을 입은 회개 신도들, 면사포를 쓴 아가씨들, 금실의 꽃으로 수놓은 장밋빛 깃발, 금박이 벗겨진 채 네 사람의 어깨 위에 실린 대성인들의 목상, 커다란 꽃다발을 들고 우상처럼 채색된 도기의 성녀상들, 수도복, 녹색 비로드의 덮개, 하얀 비단으로 테를 두른 십자가, 이 모든 것들이 성가와 기도, 그리고 장중히 울려 퍼지는 종소리 속에서 커다란 촛불과 태양 빛을 받으며 바람에 출렁이고 있었다.

행진이 끝나고 성상이 성당에 안치되자, 우리들은 투우를 비롯하여 프로방스의 갖가지 다양한 행사들을 보았다. 그리고 마이얀느로 돌아왔을 때, 날은 이미 저물어 있었다.

미스트랄과 그의 친구인 지도르가 한판 겨룬다는 광장의 작은 카페 앞에는 축제를 기념하는 커다란 경축의 불꽃이 타오르고 있었다. 파랑도르 춤은 이미 시작되었고, 어둠 속에서 종이 등불이 구석구석 켜졌으며 젊은이들은 자리를 잡고 서 있었다. 곧이어 신호를 알리는 북소리가 들려왔고 불꽃을 둘러싼 경쾌한 윤무(원을 돌면서 추는 춤)가 시작되었다. 춤은 밤새 계속되었다.

저녁 식사 후에는 피곤이 몰려와 더 이상 걸을 수가 없어서 모두 미스트랄의 방으로 올라갔다. 커다란 침대 두 개만 달랑 놓인 농부의 숙소 같은 검소한 방이었다. 벽은 도배도 하지 않았고, 천장은 목재가 훤히 드러나 있었다.

4년 전 아카데미가 〈미레이유〉의 저자에게 삼천 프랑의 상금을 주었을 때, 미스트랄의 어머니는 제안을 하나 했다.

「네 방의 벽과 천장에 도배를 새로 하면 어떨까?」

「안 돼요. 어머니!」

미스트랄은 딱 잘라 말했다.

「그 돈은 시인들의 돈이에요. 결코 다른 용도로 쓸 수 없어요.」

방안은 결국 뼈대가 드러난 채로 남아 있게 되었다. 그러나 미스트랄은 자기를 찾아와서 도움을 청하는 사람들에게는 언제나 순순히 돈을 내주었다.

나는 카란다르의 노트를 방으로 가져왔다. 그리고 자기 전에 한번 더 읽어달라고 부탁했다. 그러자 미스트랄은 도자기의 일화를 골랐다.

어느 큰 잔치 때 테이블 위에 근사한 무스티제 도자기 한 세트가 나왔다. 모든 접시 바닥에는 프로방스를 소재로 한 푸른 에나멜 그림이 한 폭씩 그려져 있었다. 이 지방의 모든 역사가 빠짐없이 새겨져 있었다. 또한 이 아름다운 도자기 그릇들 위에는 저마다 정성이 깃들어 있었다. 그리스 시인 데오크리토스의 소품처럼 심혈을 기울여 완성된 시들이 각 접시마다 적혀 있었다.

옛날에는 귀족들의 입에 오르내리던 언어로 지금은 이 지방의 목동들만이 이해할 수 있는 아름다운 프로방스어로 된 자기 시를 미스트랄이 읽고 있는 동안, 나는 마음속 깊이 그에게 감탄하고 있었다. 그리고 그가 태어났을 때 빈사 상태에 있었던 조국의 언어와, 그가 이루어낸 업적을 머릿속으로 떠올리며 오늘날 아르퓨에서나 볼 수 있는 보의 황족들의 낡은 궁전을 마음속으로 그려보았다.

무너진 지붕에다 계단의 난간도 없고, 유리창도 없으며 아치형 꽃 조각 사이의 풀 장식도 깨지고, 문 위의 문장에는 이끼가 무성했다. 수탉은 궁중의 안뜰에서 먹이를 찾고, 돼지는 복도의 우아한 기둥들 밑에서 뒹굴고, 노새는 잡초가 무성한 성당 안에서 풀을 뜯는가 하면, 비둘기는 빗물이 넘

치는 커다란 성수반에서 물을 마시고 있었다. 게다가 더욱 기가 막힌 것은 두세 농가가 이 폐허 속에 버젓이 옛 궁정 옆에 오두막을 짓고 있는 것이다.

그러던 어느 날, 한 농부의 아들이 이 폐허의 위대했던 옛 모습을 그리워하며 더럽혀진 고궁을 보고 분노했다. 그는 한치의 주저함도 없이 가축을 뜰에서 내쫓았다. 그리고 마술과 같은 힘으로 홀로 큰 계단을 재건하고 벽 판자를 새로 붙이고, 창에 유리를 끼우는 한편, 무너진 탑을 일으켜 세우고 왕좌에 새로 금칠을 하여 황제나 황후가 기거했던 옛날의 화려하고 거대한 궁전을 그대로 복원한 것이다.

재건된 궁전은 프로방스의 언어였고, 그 농부의 아들은 바로 시인 미스트랄이었다.

고세 신부의
불로장생주

「**자,** 한잔하세요. 맛이 어떤가요?」

　그라브종 신부는 마치 진주를 세는 보석 상인처럼 한 방울 한 방울에 세심한 주의를 기울이며, 황금색으로 빛나는 초록빛 액체를 조금 따라주었다. 나는 그걸 마시고 온몸에 훈기가 돌아 기분이 좋아졌다.

　「고셰 신부의 불로장생주예요. 우리 프로방스의 건강과 기쁨의 원천이지요.」

　사람 좋은 신부는 자랑스럽게 말했다.

　「당신의 풍찻간에서 조금 떨어진 프레몬트레 수도원에서 만들고 있어요. 어때요? 이 세상 그 어떤 술도 이 맛에 견줄 수는 없을 겁니다. 게다가 이 술에는 재미난 일화가 있답니다. 한번 들어보실래요?」

　그리고는 십자가를 짊어진 그리스도의 그림이 걸려 있고, 백의처럼 빳빳하게 풀을 먹인 커튼이 드리워진 조용한 저택의 식당으로 나를 안내했다. 그는 약간은 믿기 어렵고 불경스러운 이 짧은 일화를 가벼운 마음으로 이야기하기 시작했다.

　20년 전쯤, 프로방스 사람들이 백의 신부라고 지칭한 프레몬트레의 수도승들은 상당히 궁핍한 생활을 하고 있었다. 만약 그때 그들이 생활하던 곳을 봤다면 무척 마음이 아팠을 것이다. 커다란 벽도, 성 파콤므 탑도 무너지고, 회랑 주변은 잡초가 무성했다. 기둥은 갈라지고, 움푹 패인 벽 안의 성자상은 부서져 있었다. 유리창이고 문이고 성한 것이라곤 아무것도 없었다.

안뜰이나 예배당으로는 카마르그 섬에서 휘몰아치는 론강의 강풍처럼 매서운 바람이 촛불을 꺼뜨리고, 유리창의 납 장식을 부수고, 성수반의 물을 쏟았다. 그러나 무엇보다도 가장 가슴 아픈 것은 텅 빈 비둘기 집처럼 적막한 수도원의 종루와 종을 살 돈이 없어서 새벽기도를 알리기 위해 은행나무를 딱딱 두드려야 하는 수도승들이었다.

불쌍한 백의 신부들! 지금도 눈에 선하다. 성체 성사 때는 푸성귀만 먹어서 창백하고 앙상한 수도승들이 군데군데 기운 수도복을 입고 슬픈 표정으로 행진을 했다. 그 뒤에 수도원장은 금박이 벗겨진 지팡이를 들고 벌레 먹은 하얀 털모자가 햇빛에 드러나는 것이 부끄러운지 고개를 떨구며 걷고 있었다. 나란히 서 있던 여신도들은 이런 모습에 가슴 아파 눈물을 흘렸고, 똥보 기수들은 불쌍한 수도승들을 손가락질하면서 작은 소리로 비웃었다.

「찌르레기는 무리 지어 날아가면 먹이를 찾을 수가 없지…….」

사실 저 가련한 백의 신부들도 뿔뿔이 흩어져서 각자 먹

이를 찾으러 가는 편이 훨씬 나은 일인지도 몰랐다.

그러던 어느 날, 회의에서 이 중대한 문제를 논의하고 있을 때 수도원장 앞으로 고셰 수도승이 자신의 의견을 말하고 싶다며 전갈을 보내왔다. 참고로 말하자면, 이 고셰 수도승은 수도원의 소지기다. 그는 풀을 찾아 헤매는 비쩍 마른 두 마리 젖소를 끌고 회랑 이곳저곳을 돌아다니며 하루하루를 살아가고 있었다. 12살 때까지 베공 할머니라 불리는 보지방의 반미치광이 같은 노파 밑에서 자랐는데, 그 후 수도승들 손에 맡겨진 이 불쌍한 소지기가 아는 것이라곤 소를 치는 일과 주기도문을 암송하는 것뿐이다. 그것도 프로방스어로 외우는 것이었다. 왜냐하면 기억력이 나쁘고 머리 회전이 둔하기 때문이다. 때로 공상을 즐기기는 했지만, 독실한 신자여서 기꺼이 고행대를 입고 강한 신념으로 규율을 지키며 부지런히 일했다.

단순하고 바보 같은 그가 회의실에 들어와 한쪽 다리를 끌면서 모두에게 인사를 하자 수도원장, 수도승, 회계원 할 것 없이 모두 웃기 시작했다. 사람들은, 턱 밑에 염소수염을 달고 머리가 희끗희끗 센 선량한 눈을 가진 그가 나타나기만 하면 항상 이렇게 배꼽을 잡고 웃었기 때문에 고셰 수도승은 그날도 전혀 개의치 않았다.

「신부님!」

그는 올리브 열매를 뺀 묵주를 비틀면서 다정한 목소리로 말했다.

「빈 수레가 요란하다는 말은 정말 맞는 말이에요. 이 깡통 같은 머리를 쥐어 짠 덕분에 고통에서 벗어날 수 있는 방법을 찾았습니다. 어릴 적 저를 키워준 베공 할머니를 잘 아실 겁니다.(주여, 술만 마시면 이상한 노래를 부르던 가련한 할머니의 영혼을 용서해 주십시오!) 그런데 베공 할머니는 살아 계실 때 코르시카 섬의 오래된 티티새만큼, 아니 그 이상으로 약초에 관해 훤히 꿰뚫고 있었습니다. 그리고 돌아가시기 얼마 전, 저와 함께 아르퓨 산에 가서 캐온 약초를 대여섯 가지 섞어서 불로장생주를 만들었답니다.

그리고 꽤 오랜 세월이 지났죠. 하지만 성 오거스틴의 도움과 수도원장님의 허락만 있다면, 저는 이 신비한 약술을 만드는 법을 알아낼 수 있습니다. 그리고 바로 병에 담아 비싸게 팔면 되는 거죠. 얼마 안 가 트랍프나 그랑드의 수도승들처럼 쉽게 수입을 올릴 수 있을 거예요.」

그는 끝까지 이야기할 수가 없었다. 수도원장은 자리에서 벌떡 일어나더니 그의 목을 얼싸안았다. 수도승들은 그의 손을 잡고, 회계원은 다른 누구보다도 감동하여 그의 너덜너덜해진 옷소매에 입을 맞췄다. 그리고 모두 제자리로 돌아가 평정을 되찾은 후, 만장일치로 고셰 수도승이 그 약술 제조에 몰두할 수 있도록 젖소들은 트라시뷔르 수도승에게 맡기기로 결정했다.

이 선량한 수도승이 어떻게 베공 할머니의 술 제조법을 알아냈는지, 얼마나 많은 노력을 기울였는지, 얼마나 자주 밤샘을 했는지, 그런 이야기는 전해지지 않고 있다. 다만 확실한 것은 6개월 후에 백의 수도승들이 만드는 불로장생주가 각지에 널리 알려졌다는 것이다. 아비뇽 지방과 아를르 지방 전역에는 포도주병과 올리브 항아리 사이에, 수도승 라벨과 프로방스 문장의 봉인이 찍힌 갈색의 작은 도자기 병이 없는 집이 없었다.

이 불로장생주가 널리 알려진 덕분에 프레몬트레 수도원은 여유가 생기기 시작했다.

성 파콤므 탑은 복구되고, 수도원장은 새 모자를 쓰고, 성당에는 잘 세공된 깨끗한 색유리를 끼웠다. 그리고 곱게 단장한 종탑에서는 부활절 아침마다 크고 작은 종들이 일제히 울리게 되었다.

항상 문제를 일으켰던 고세 수도승은 이제는 더 이상 수도원에서 웃음거리가 되지 않았다. 오히려 박식하고 명석한 신부로 알려져, 수도원의 작은 일에서 완전히 벗어나 하루 종일 양조장 안에 틀어 박혀 있었다.

다른 30명의 수도승들은 그에게 갖다줄 질 좋은 약초를 찾아 온 산을 헤매고 다녔다. 어느 누구도 심지어 수도원장까지도 들어갈 권리가 없는 이 양조장은 뜰 한쪽 구석에 버려진 낡은 예배당이었다. 평범한 수도승들에게 있어서 이곳은 어딘지 모르게 신비스러운 곳이었다. 때로 대담하고 호

기심 많은 젊은 수도승들이 벽을 따라 엉겨 있는 포도 덩굴에 기어 올라가, 입구 위의 커다란 꽃 모양 창으로 그곳을 엿보았지만, 화덕에 허리를 굽히고 계량기를 손에 든 턱수염이 난 고세 신부를 보곤 놀라서 굴러 떨어지곤 했다.

또한 그의 주위에는 붉은 사암으로 만든 커다란 증류기와 증류관, 그리고 유리로 된 뱀 모양의 관 등이 난잡하게 어질러져 있었고, 유리창을 통해 새어드는 붉은 불빛 속에서 신비스럽게 타오르고 있는 듯했다.

저녁이 되어 마지막 삼종기도의 종이 울리면 조용히 이 신비스런 장소의 문이 열리고, 고세 신부는 미사를 보기 위해 성당으로 향했다. 그가 수도원 내를 걸어갈 때 사람들이 보내는 존경과 흠모의 눈빛이란 정말 대단했다. 수도승들은 그가 지나는 길을 담처럼 에워쌌다.

「쉿! 신비스런 비법을 알고 계신 분이야.」

회계원은 고개를 숙이고 그의 뒤를 따라오며 이야기를 하고 있었다. 차양이 넓은 모자를 후광처럼 뒤로 젖혀 쓴 고세 신부는 자기에게 잘 보이려고 애쓰는 사람들 사이를 유유히 걸어갔다. 그는 오렌지 나무가 심어진 넓은 뜰과 새로운 풍향계가 돌고 있는 파란 지붕, 그리고 하얗게 빛나는 수도원 안에, 우아하고 아름다운 꽃장식의 기둥 사이를 깨끗한 수도복 차림의 수도승들이 평화로운 얼굴로 두 명씩 줄지어 걸어가고 있는 것을 만족스럽게 바라보았다.

〈이게 다 내 덕분이지!〉

고세 신부는 마음속으로 생각했다. 그리고 이런 생각을 할 때마다 그는 점점 더 오만한 기분에 빠져들었다. 불행하게도 그는 그 대가로 응분의 벌을 받게 되었다.

　　어느 날 밤, 한창 미사가 진행되고 있을 때 고세 신부는 아주 흥분한 모습으로 성당에 들어왔다. 외투를 차려입고 새빨간 얼굴로 숨을 헐떡이며 들어온 그는 성수를 묻힐 때 소매를 팔꿈치까지 적실 정도로 허둥댔다. 처음에는 미사에 늦어서 당황한 것이라고 생각했다. 그러나 제단이 아닌 엉뚱한 곳에 절을 하는가 하면, 파이프 오르간이나 설교대 앞에서 무릎을 꿇기도 했다. 또 자기 자리를 찾지 못해 회당을 가로질러 5분이 넘게 헤매고 다녔다. 그리고 자리에 앉자, 태평스러운 미소를 지으며 머리를 좌우로 흔들었다.
　　수도승들은 놀라 웅성거리기 시작했다.
　　「고세 신부가 어떻게 된 게 아닐까……?」
　　참다못한 수도원장은 지팡이로 바닥을 두 번이나 두드리며 조용히 하라는 지시를 내렸다. 기도문은 계속 암송되고 있었지만, 왠지 힘이 빠진 목소리였다.
　　성체 성사 기도 도중에 고세 신부는 갑자기 자리에 벌렁 눕더니 목이 터져라 큰소리로 노래를 시작했다.

　　파리에 있는 백의의 수도승

파타텡 파타탕, 타라벵 타라방.

모두들 얼굴이 하얗게 질려 일어났다.
「어서, 밖으로 끌어내. 악마가 씌었어!」
수도승들은 가슴에 성호를 긋고, 수도원장은 지팡이를 흔들고 있었다. 그러나 고셰 신부는 아무것도 보이지도, 들리지도 않았다. 결국 힘 좋은 수도승 둘이, 귀신에게 홀린 사람처럼 발버둥치며 소리지르는 고셰 신부를 좌석 옆의 작은 문으로 끌어냈다.

다음날 새벽, 고셰 신부는 수도원장의 기도실에서 무릎을 꿇고 눈물을 흘리며 참회를 하고 있었다.
「술 때문입니다. 신부님, 저는 술한테 당했어요.」
고셰 신부는 가슴을 치며 말했다.
그가 절실히 후회하고 있다는 것을 알고, 선량한 수도원장은 감동을 받았다.
「이보게, 고셰 신부! 우선 마음을 가라앉히게. 태양이 솟으면 모두 이슬처럼 사라지는 법이네. 어쨌든 자네 생각만큼 그렇게 나쁜 행동은 아니니 너무 걱정 말게나. 물론 노래가 좀 걸리긴 한데…… 아무래도 젊은이들 귀에 들어가선 안 되겠지. 그런데 도대체 어떻게 그런 일이 일어났는지 말해 보게. 술 시음이 너무 과했나 보군. 손이 잘못 갔어. 화약을 발명한 슈와르츠 선생처럼 자네도 발명의 희생이 됐군.

그런데 그 끔찍한 술맛을 꼭 직접 시음해야만 하나?」

「어쩔 수가 없습니다. 알코올의 강도와 비율은 시험관을 이용하면 되지만, 마지막으로 완성된 술맛은 제 혀에 의지할 수밖에 없어서…….」

「아아! 그래. 자, 내 말을 들어보게. 그렇게 꼭 어쩔 수 없이 술맛을 봐야 할 때, 술이 맛있던가? 술을 마시면 기분이 좋아지던가?」

「네, 그렇습니다.」

이 가엾은 신부는 벌겋게 상기된 얼굴로 대답했다.

「지난 이틀 밤 동안 코끝을 감싸는 그 그윽한 향기란……, 정말 대단했습니다. 분명 마귀의 짓이에요. 저는 앞으로 시험관만을 이용하기로 결심했습니다. 맛이 떨어지고, 진주 같은 거품이 많이 생기지 않아도 어쩔 수 없는 일이죠.」

수도원장은 급히 고세 신부의 말을 막았다.

「아니, 좀 신중하게 생각해 보게나. 그렇게 극단적으로 말하면 안 되지. 한 번 곤란한 일을 겪었으니 앞으로 조심하는 게 좋겠지. 그런데 어느 정도면 맛을 감별할 수 있나? 열다섯 방울? 아니면 스무 방울? 우선 스무 방울이라고 하지. 만약 스무 방울로 자네가 마귀에게 사로잡힌다면 그건 꽤 머리 좋은 마귀라고 해야겠네. 또 만에 하나 불상사에 대비해서 앞으로는 성당에 나오지 않아도 좋네. 저녁 미사는 양조장에서 보게나. 우선 마음을 안정시키고, 특히 술 방울 세

는데 세심한 주의를 기울이도록!」

그러나 이 불쌍한 고셰 신부는 아무리 술방울을 잘 세려
고 주의를 기울여도 소용없었다. 마귀는 그를 잡고 놓아주
질 않았다.

얼마 후 양조장에서 기괴한 소리가 들려왔다.

낮에는 아무 일도 없었다. 고셰 신부는 차분하게 풍로와
증류기를 준비해 두고, 프로방스에서 나는 까칠까칠한 회색
빛 약초들을 햇빛에 말린 후, 질 좋은 것을 골랐다. 그러나
저녁이 되어 약초가 달여지고 커다랗고 빨간 구리 냄비 속
에서 술이 따끈하게 데워지기 시작하자 이 불쌍한 신부에게
수난이 시작되는 것이었다.

「열일곱……, 열여덟……, 열아홉……, 스물…….」

술방울은 유리관으로 도금한 컵 속으로 떨어졌다. 신부
는 이 스무 방울의 술을 단숨에 들이켰다. 하지만 기분이 그
다지 좋지는 않았다. 한 방울만 더 마시고 싶었다.

아아, 이 스물한 방울째……! 바로 이 유혹에서 벗어나기
위해, 그는 한쪽 구석에 가서 무릎을 꿇고 열심히 기도를 했
다. 그러나 따끈한 술에서는 계속 가는 연기가 피어올랐고
그윽한 향기가 났다. 그 향기는 그의 주위를 맴돌았고 그는
어쩔 수 없이 냄비 쪽으로 이끌려갔다.

액체는 아름다운 금녹색을 띠고 있었다. 그는 그 위에 몸
을 기울여, 콧구멍을 벌름거리며 조용히 유리관으로 휘저었

다. 에메랄드빛 파도가 출렁거리는 빛나는 사금 속에서, 「자, 한 방울만 더!」 하며 웃고 있는 베공 할머니의 번쩍거리는 눈이 보이는 것 같았다.

한 방울, 한 방울, 고셰 신부는 컵에 술을 가득 붓고 말았다. 그리고 힘이 다 빠져버려 안락의자에 털썩 주저앉았다. 그는 몸을 축 늘어뜨리고 눈꺼풀이 반쯤 감긴 채 기분 좋게 취한 상태에서 중얼거렸다.

〈아아, 어차피 지옥으로 떨어진다. 지옥으로 떨어질 거야.〉

그는 낮은 목소리로 중얼거리면서, 죄를 음미했다.

가장 무서운 것은 어떤 요술에 홀렸는지 이 마귀 같은 액체 속에서 베공 할머니의 듣기 싫은 노랫소리가 계속 들리는 것이었다.

〈작은 아줌마 세 명이 술잔치에 대해 이야기하네. 앙드레 님의 베르제트 아가씨, 혼자서 숲속으로 가네.〉

그리고 항상 빠지지 않는 백의의 수도승의, 〈파타탕 – 파타탕 –.〉 하는 노래였다.

다음날, 옆방 사람들이 심술궂게 말했다.

「어이! 고셰 신부, 어젯밤에 자네 머릿속으로 매미들이 들어갔던 모양이군.」

사람들의 비꼬는 소리를 듣고 얼마나 부끄러웠을까. 고셰 신부는 낙담하여 눈물을 흘리면서 단식을 했다. 그리고

고행복을 입고, 규율을 엄격히 지켰다. 그러나 술의 마귀에게는 당할 재간이 없었다. 그리고 매일 밤, 같은 시각에 마귀에게 홀리는 것이었다.

그러는 동안 신이 내리는 은총의 비처럼 수도원에는 술을 구하는 주문이 빗발쳤다.

님므에서, 에키스에서, 아비뇽에서도, 마르세이유에서도 주문이 밀려와 수도원은 마치 제조장처럼 변했다. 수도승들은 포장을 하거나, 상표 붙이는 일, 글씨 쓰는 일, 운반하는 일 등으로 차츰 미사에 소홀하게 되었다. 그리고 종을 울리는 일도 점점 뜸해졌다. 하지만 프로방스 신자들은 이 때문에 손해 보는 사람은 아무도 없었다.

그러던 어느 일요일 아침, 회계원이 회의석상에서 1년간의 총 회계결과를 낭독하고, 선량한 수도승들이 초롱초롱한 눈으로 얼굴에 미소를 띠며 듣고 있을 때 고세 신부는 회의장 가운데로 뛰어 들어와 이렇게 외쳤다.

「이젠 더 이상 못하겠소. 어서 젖소를 돌려주시오.」

「고세 신부, 도대체 어떻게 된 일인가?」

사건을 어렴풋이 짐작하고 있었던 수도원장이 물었다.

「어떻게 된 일이냐고요? 저는 지옥의 불길 속에 새까맣게 타버렸고, 쇠스랑으로 찍힐 짓을 하고 있어요. 저는 술을 마시고 있어요. 벌컥벌컥 주정뱅이처럼 마신다구요!」

「그러게 내가 절제하라고 하지 않았소!」

「물론 처음엔 그랬죠. 한 방울씩 세면서 마셨죠. 그러나 지금은 한 잔씩 세면서 마시게 됐어요. 신부님, 저는 이렇게 되고 말았어요. 매일 밤 세 잔은 마셔야 될 정도예요. 이런 짓을 계속할 수 없다는 것은 잘 아시겠죠? 그러니 이제는 술 만드는 일을 다른 사람에게 맡기세요. 이대로 계속하면 제 몸은 신이 내린 불길로 완전히 타버릴 거예요.」

그를 보고 웃는 사람은 아무도 없었다.

「그렇다고 우릴 망쳐놓을 생각이오?」

회계원은 커다란 장부를 내리치며 말했다.

「당신은 내가 지옥에 떨어져도 좋단 말입니까?」

이때 수도원장이 자리에서 일어났다.

「이봐요, 마귀가 유혹하는 것은 밤이죠?」

수도원장은 반짝이는 반지를 낀 하얀 손을 들며 말했다.

「네, 신부님. 꼭 밤만 되면 그래요. 그래서 날이 어두워지면 카피토우의 노새가 안장을 보았을 때처럼 식은땀이 난답니다.」

「좋아요, 안심하세요. 앞으로는 매일 밤 미사를 볼 때 당신을 위해서 면죄를 구하는 성 오거스틴의 기도를 올릴 겁니다. 그렇게 하면 무슨 일이 있어도 당신은 안전할 거요. 죄를 범하고 있을 때 그 죄의 사면을 구하는 것이니까요.」

「정말 감사합니다, 신부님!」

고세 신부는 더 이상 묻지도 않고 종달새처럼 가벼운 걸음으로 증류기가 있는 곳으로 돌아갔다.

그날부터 매일 밤 미사가 끝나면 수도원장은 빠짐없이 이렇게 기도를 했다.

「우리 신도들 때문에 영혼을 희생하는 불쌍한 고셰 신부를 위해 기도합시다! 오 레무스, 도미네……」

기도문은 어두운 교회당 중앙에서 예배를 드리는 하얀 두건 위를, 눈 위를 지나는 가벼운 북풍처럼 지나갔다. 그때쯤 수도원 한쪽 구석 양조장의 등불이 비치는 유리창 저편에서는 고셰 신부의 노랫소리가 들렸다.

파리에 있는 백의의 수도승
파타텡 파타탕, 타라뱅 타라방
파리에 있는 백의의 수도승
젊은 수녀님을 춤추게 하네
트랑, 트랑, 트랑, 정원 안에서
춤추게 하네…….

사람 좋은 신부는 두려운 듯이 갑자기 노래를 멈추고 말했다.

「주여, 용서하소서! 이를 어쩌나? 교구 신자들이 내가 한 노래를 들으면 큰일인데…….」

두 여인숙

7월의 어느 오후 님므에서 돌아오는 길이었다.

찌는 듯한 무더위였다. 하늘 가득 퍼져 있는 커다란 태양은 둔한 빛을 발하고 있었고, 그 아래로 한없이 뻗은 길에는 뽀얀 먼지가 일고 있었다.

숨쉬기조차 힘든 이 더운 날씨 속에서 나는 키 작은 떡갈나무와 올리브밭 사이를 지나가고 있었다. 바람 한 점 없는 날이었다. 오로지 뜨거운 공기의 전율과 하늘을 찌를 듯한 매미 소리뿐이었다. 귀를 짓누르는 빠른 템포의 그 광적인 음악은 눈부신 빛의 떨림 속에서 한없이 울려 퍼졌다.

나는 두 시간 전부터 이 사막과 같은 길 위를 걷고 있었다. 그런데 갑자기 도로의 뿌연 먼지 속에서 하얀 집 두 채가 눈에 들어왔다. 그것은 생뱅쌍의 여인숙이었다. 대여섯 채의 농가, 빨간 지붕의 헛간, 앙상한 무화과나무, 바닥이 드러난 가축의 물통, 그리고 그 끝에 여인숙 두 채가 길 양쪽에 마주보고 서 있었다.

서로 마주보고 있는 두 여인숙이 왠지 마음에 끌렸다. 한쪽에 새로 지은 건물은 생기가 넘치고 활기차 보였다. 모든 문은 활짝 열려 있었고 집 앞에는 마차가 세워져 있었다. 말들은 입김을 내뿜고 있었고, 마차에서 내린 손님들은 비좁은 벽그늘에서 숨가쁘게 물을 마시고 있었다. 그곳의 마당은 마차와 노새로 북새통을 이뤘고, 마부들은 헛간 그늘에서 서늘해지기를 기다리고 있었다. 안에서는 고함소리, 욕소리, 식탁 내리치는 소리, 쨍그랑하며 술잔 부딪치는 소리, 당구알 튕기는 소리, 뻥하고 터지는 병마개 소리가 시끄럽게 새어나왔다. 그리고 온갖 소음 속에서 한층 더 큰 노랫소리가 유리창 너머로 흘러나왔다.

아리따운 아가씨, 고통은
아침 일찍 자리에서 일어나
은빛 물병을 어깨에 메고
샘터로 갔다네…….

하지만 맞은편에 있는 다른 여인숙은 빈집처럼 조용했다. 현관 앞에는 잡초가 무성하게 자라 있었고, 셔터는 부서져 있었다. 입구에는 바싹 마른 가시나무의 작은 가지가 낡은 깃털 장식처럼 축 늘어져 있었고, 계단은 길가의 작은 돌로 받쳐져 있었다. 이 모든 것이 너무나 초라하고 누추해 보여서 이곳에 들러 술 한잔한다는 것은 일종의 자선을 베푸는 일이라고 해야 어울릴 듯했다.

안에 들어가 보니 좁고 음침한 방이 있었다. 커튼 없는 커다란 세 개의 창문으로 들어오는 햇빛에 방안은 더욱 음산

하고 황폐해 보였다. 흔들거리는 테이블 위에는 먼지가 뿌옇게 앉은 컵이 어질러져 있고, 네 모서리가 움푹 패이고 천이 다 찢어진 당구대, 누렇게 변한 긴 소파, 낡은 계산대, 이 모든 것들이 숨통 조이는 이 답답한 더위 속에서 뒹굴고 있었다.

또한 파리가 천장에 날아다니고 있었는데 이렇게 많은 파리는 지금까지 본 적이 없었다. 유리창과 컵 속에 우글우글 붙어 있었는데 문을 열자 마치 벌집을 쑤셔놓은 것처럼 붕붕거렸다. 한쪽 구석에는 한 여자가 유리창에 이마를 대고 선 채로 멍하니 밖을 바라보고 있었다.

나는 두 번이나 그 여자를 불렀다.

「이보세요? 아주머니!」

그녀는 천천히 나를 향해 돌아섰는데, 크고 작은 주름이 자글자글한 초라한 시골 아낙네의 모습이었다. 그리고 이 지방 할머니들이 쓰고 다니는 레이스 달린 긴 갈색 두건으로 얼굴을 감싸고 있었다. 그러나 이 여자는 노파가 아니었다. 단지 눈물에 절어 폭 삭아버린 것이다.

「무슨 일이죠?」

여자는 눈물을 닦으면서 물었다.

「앉아서 뭐 좀 마실까 해서요.」

그녀는 앉은자리에서 미동도 없이 놀란 눈으로 나를 쳐

다보았다.

「저……, 여기는 여인숙이 아닌가요?」

여자는 한숨을 내쉬며 말했다.

「맞아요. 그런데 손님은 어째서 다른 사람들처럼 맞은편 집으로 가지 않는 거죠? 저쪽이 훨씬 더 좋은데…….」

「그곳은 너무 시끄러워서요. 저한테는 이곳이 더 좋을 것 같네요.」

나는 대답을 기다릴 것도 없이, 식탁 앞에 가서 앉았다.

주인 여자는 내가 한 말이 진심이라는 것을 알았는지 바쁘게 왔다갔다하기 시작했다. 찬장을 열어 병을 꺼내 흔들고, 컵도 닦고, 파리를 쫓았다. 마치 접대할 손님이 찾아왔다는 사실이 신기한 기적이라도 일어난 듯한 모습이었다. 이 슬퍼 보이는 여자는 잠시 멈춰 서서 깊은 생각에 잠기기도 했다.

이윽고 그녀는 구석에 있는 방으로 들어갔다. 커다란 열쇠로 상자를 열어 빵을 꺼내고, 접시에 내려앉은 먼지를 말끔히 닦았다. 그러나 이따금 깊은 한숨과 목메어 흐느끼는 소리가 들려왔다.

잠시 후, 식탁에는 건포도 한 접시와 돌덩이처럼 딱딱한 바게트와 싸구려 포도주 한 병이 놓여졌다.

「다 됐어요.」

주인 여자는 말했다. 그리고 서둘러 다시 창가로 갔다.

술을 마시면서 나는 주인 여자에게 말을 걸었다

「여기는 손님이 별로 없네요.」

「네, 그래요. 당신 한 사람뿐이에요. 하지만 전에는 이렇지 않았어요. 마을에 여인숙은 여기 하나였죠. 이곳이 길목이기도 했고, 거위철에는 식사를 하는 사냥꾼들로 늘 북적거렸죠. 마차가 일 년 내내 줄을 이었어요. 그런데 맞은편 집이 문을 열고 난 후로는 완전히 끝장나 버렸죠. 모두들 저 집을 좋아해요. 여기는 너무 음산하다는 거예요. 사실 우리 집이 즐거운 분위기가 아니라는 건 인정해요. 저는 예쁘지도 않은데다가 열병도 앓고 있거든요. 두 딸아이는 벌써 세상을 떠났고요.

하지만 저 집은 항상 웃음이 끊이질 않아요. 저 집 주인은 아를르 출신이에요. 목에는 세 줄이나 되는 금목걸이를 감고, 레이스 달린 옷으로 곱게 치장한 미인이랍니다.

마부가 그 여자의 정부라서 마차를 저 집으로 끌고 가죠. 게다가 사근사근한 여자 종업원도 많이 있어요. 그래서 단골손님이 많죠. 브즈스, 루데상, 종키에르 부근의 젊은이들은 모두 저 집 단골이에요. 마부들도 저 여자의 집 앞으로 지나가려고 일부러 먼길을 돌아가죠. 우리 집엔 아무도 없고, 나는 하루 종일 이렇게 우두커니 앉아 바싹 말라가고 있을 뿐이에요.」

주인 여자는 이마를 유리창에 기댄 채 힘없는 목소리로 말했다. 분명히 맞은편 여인숙에는 그녀의 마음을 사로잡고 있는 무언가가 있는 듯했다.

그때 건너편에서 시끄러운 소리가 들려왔다. 마차가 뿌연 먼지 속에서 흔들리며 움직이고 있었다. 이윽고 채찍 소리와 함께 마부의 나팔 소리가 들려왔다. 그리고 여자들이 현관문으로 나오면서 떠드는 소리가 들렸다.

「안녕히 가세요!」

이런 와중에서도 조금 전의 그 멋진 목소리가 한층 더 매력적으로 들려왔다.

은주전자를 손에 들고
샘터로 갔습니다
샘터에서 물을 긷고 있으니
세 명의 기사가 오더군요

이 목소리를 들은 주인 여자는 내 쪽을 돌아보더니 떨리는 목소리로 말했다.

「들리죠? 제 남편 목소리에요. 노래 참 잘하죠?」

나는 깜짝 놀라 그녀를 쳐다보았다.

「뭐라고요? 남편이라고요? 아니 그럼 댁의 남편도 저 집으로 가나요?」

내가 의아해하며 묻자 주인 여자는 슬픈 표정으로 조용히 말했다.

「어쩔 수 없어요. 남자들은 하나같이 다 똑같으니까요. 우는 얼굴을 좋아할 남자가 어디 있겠어요. 저는 아이들을

잃은 후로 매일 눈물로 세월을 보냈어요. 게다가 누구 하나 찾지 않는 이 썰렁한 집은 정말 음산해요. 그래서 답답한 마음이 터질 것 같으면 불쌍하게도 그이는 저 집으로 간답니다. 그이는 목소리가 좋으니까 저 아를르의 여자가 노래를 시켜요. 쉿! 또 시작했어요.」

주인 여자는 이렇게 말한 후 다시 온몸을 떨면서 손으로 몸을 감싸안았다. 뚝뚝 떨어지는 눈물에 일그러진 얼굴을 하고는 창가에 서서 아를르 여자에게 불러주는 자기 남편의 노랫소리를 넋 놓고 듣고 있었다.

첫번째 기사가 말하였네
안녕하세요, 아리따운 아가씨. 오늘은 일찍 나왔군요!

별

개정판 1쇄   2017년 3월 2일
지은이   알퐁스 도데
옮긴이   신혜선
펴낸이   김영재
펴낸곳   책만드는집

주소   서울 마포구 양화로3길 99 4층 (04022)
전화   3142-1585·6
팩스   336-8908
전자우편   chaekjip@naver.com
출판등록   1994년 1월 13일 제10-927호

* 잘못 만들어진 책은 구입하신 서점에서 교환해드립니다.

ISBN 978-89-7944-605-0 (03860)